POTENTIAL
포텐

POTENTIAL 포텐 15

김민수 장편소설

초판 1쇄 찍은 날 | 2018년 2월 23일
초판 1쇄 펴낸 날 | 2018년 3월 2일

지은이 | 김민수
펴낸이 | 예경원

기획 | 위시북스
편집책임 | 이규재
편집 | 이즈플러스

펴낸곳 | 예원북스
등록번호 | 제396-2012-000132호
등록일자 | 2012. 7. 25
KFN | 제1-225호

주소 | 경기도 고양시 일산동구 호수로 646-24 위너스21 II 빌딩 206A호 (우)10401
전화 | 031-819-9431 팩스 | 031-817-9432
E-mail | yewonbooks@naver.com

ⓒ김민수, 2016

ISBN 979-11-6098-831-4 04810
      979-11-5845-360-2 (set)

POTENTAL

포텐

15 완결

김민수 장편소설

WISHBOOKS MODERN FANTASY STORY

Wish Books

CONTENTS

POTENTIAL
포텐

99.
다크 렐릭 라이즈 (1)

새해가 시작되고 열흘이 흘렀다.

최근 들어 민호의 하루는 눈코 뜰 새 없이 바쁜 일과의 연속이었다.

애틀랜타행 비행기에 탑승한 그날부터 약 4주의 공백 기간에 밀려 있던 스케줄. 기자회견의 파급력 때문인지 취소는 고사하고, 제발 출연해 달라고 온갖 채널에서 부탁과 청탁, 협박까지 해온 탓에 민호는 한 가지의 원칙만으로 행동 중이었다.

모든 인터뷰는 거절. 기존에 계약한 스케줄만 소화한다.

다행히도 한국은 토정비결이나 경제 전망 같은 새해의 고정적인 이슈거리가 쏟아져, 십여 일 전의 그 사건은 사람들의 화제에서 점차 잊혀 가는 추세였다. 물론, 엊그제 방영된 맨 앤 정글 1화분 때문에 '인디언에 빙의된 강민호'라는 검색어가 온종일 순위권에 오르긴 했지만 말이다.

그렇게 대강의 정리는 됐어도 가는 곳마다 '서은하와의 결혼식이 언제냐?'와 같은 질문을 하는 이들이 넘쳐나는 것은 여전했다.

'나도 모른다고.'

오늘도 스케줄 때문에 KG 사옥에 출근한 민호는 지하에 붕붕이를 주차하고 걸어 나오며 한숨을 내쉬었다. 그리고 휴대폰을 들어 서은하와 열흘 전에 나눴던 문자를 확인해 보았다.

[아빠가 많이 화나셨어요. 풀리면 연락할게요.]

[은하 씨…….]

[ㅠ.ㅠ 민호 씨. 일단은 피해요. 이럴 때는 물불 안 가리시니까.]

난리가 났었던 기자회견 이후, 부모님의 손에 이끌려 집에 돌아간 그녀는 휴대폰을 빼앗겼는지 다음 날부터 통화가 불가능했다. 간간이 메신저를 통해 안부만 주고받을 뿐.

'에휴.'

반장님의 허락을 바로 받아낼 수 있다고 생각하진 않았다. 그러나 서철중이 서은하에게까지 아무 말도 않고 틀어박혀 있는 까닭에 민호는 싹싹 빌 기회조차 엿보지 못한 채 기다려야 했다.

[은하 씨, 밥 꼭꼭 챙겨 먹어요.]

언제나처럼 스케줄 시작 전에 문자를 보내 놓고, 민호는 엘리베이터 버튼을 눌렀다. 그사이 휴대폰에서 '띠링' 하는 수신음이 울렸다.

[발신자 : 서철중]

'헛.'

[내일 나 좀 보세. 서로 오게나.]

올 것이 왔다.

민호는 집도 아니고, 강북 경찰서로 출두하라는 서철중의 문자에 신음을 한차례 삼켰다. 다리 부상 때문에 퇴원 후 집에만 있으셨는데, 드디어 출근하신 모양이었다.

1층으로 올라가던 도중 서은하에게서도 문자가 왔다.

[아빠가 보자고 하시죠? 응원할게요. 내일 봐요. 꼭······.]

비록 문자일 뿐이지만 마치 명복을 비는 듯한 서은하의 심정이 고스란히 느껴졌다. 반쯤 죽더라도 앞으로 그녀를 마음껏 만날 수 있으리란 희망에 민호는 주먹을 불끈 쥐었다.

'민호 너도 남자다. 8개국 외교 관계자들 앞에서도 당당했던 스마트가이라고. 반드시 허락을 받아내!'

이판사판.

민호는 내일을 위한 굳은 결의를 다졌다. 그래도 혹시 몰라 비숍의 손거울을 오른손에 쥐고 JB의 반지를 왼손가락에 착용한 채 물었다.

'어떻게 생각해요?'

비숍과 JB가 동시에 따뜻한 기운을 발산하며 의견을 건넸다.

─응급차부터 대기시켜 둘 것.

─탈출 경로는 내가 확보한다.

"민호 씨!"

월요일 아침의 출근길은 붕붕이와 함께했기에 로비에서 대기 중이던 공 매니저가 반갑게 엘리베이터 앞으로 달려왔다.

"좋은 아침이에요, 공 매니저님."

공 매니저는 어깨를 축 늘어뜨린 민호를 어디 아픈 건 아닌지 유심히 살폈다.

"피곤하시죠? 어제도 늦게까지 촬영하셨는데."

"괜찮아요, 뭐. 하루 이틀도 아니고."

"민호 씨. 달인의 조건 제작진과 합의를 봤습니다. 나 PD 님께서 이달 중순에만 한 번 촬영하고, 시즌 2를 기다리겠다고 하셨습니다."

"그래요?"

듣던 중 반가운 소식이었다. 민호는 남아 있는 스케줄을 생각해 보았다.

메디컬 24시도 지난주에 마지막 촬영을 한 탓에 이로써 고정 예능은 모두 정리. 송도하 감독의 영화 크랭크인은 두 달 후로 확정이나 촬영은 집중해서 3주만. 홍은숙 작가의 드라마는 내년 초까지 준비 과정을 거쳐 아시아 시장을 노리는 대작을 찍는 것으로 미뤄졌다. 중국 쪽 투자 자금이 어마어마하게 들어왔다나 뭐라나.

광고도 거의 다 찍었기에 서은하와의 봄 시즌 화보 촬영만 남았다. 이건 그녀와 의논해 봐야 할 사항이기에 미뤄 두었다. KG와의 계약도 결국 연예계 활동을 1년 정도 쉬는 거로 최종 마무리가 되었다.

'백수인 채로 미래계획을 설계할 수는 없으니까.'

아마도 1년 후엔 유부남 연예인으로 천천히 활동할 것 같았다. 지금과 같은 인기를 얻을 수 있을지는 그때 가서 생각해 볼 일.

딩동.

엘리베이터를 타고 4층에서 내리며 공 매니저가 말했다.

"오소라 씨는 작업실에 와 계십니다."

"벌써요?"

"솔로 무대 준비로 사옥에서 밤을 새우셨답니다."

민호는 레이블 활동을 위한 작업실에 시선을 던졌다.

방송만큼 시간 부담도 없고, 편곡자로 이름을 올리며 저작권 수익도 올리다 보니, 이것만 열심히 해도 먹고사는 것에는 문제가 없으리란 판단에 유일하게 아무런 스케줄 조정도 하지 않았다.

"소라 씨가 커피를 부탁해서 휴게실에 다녀올 생각입니다. 민호 씨도 필요한 거 있으십니까?"

"아, 저도 커피 부탁해요."

오늘은 오소라의 솔로 앨범에 들어갈 듀엣곡을 작업하는 날이다. 박중호의 전속 작곡가였던 안성길의 유품을 통해 받은 곡이 의외로 오소라와 어울려, 이번엔 작곡자로도 이름을 올려볼 생각이었다.

"소라야, 나 왔어."

문을 열고 들어서자 오소라가 꾸벅꾸벅 졸고 있는 것이 보였다. 그녀는 접근한 민호의 인기척도 느끼지 못한 채 고개를 옆으로 뉘었다.

"어이, 이웃사촌."

뺨을 꾹 찌르자 오소라가 부스스 눈을 떴다.

"……아, 민호 오빠. 왔어요?"

"침 떨어지겠다."

"치, 침?"

눈이 커진 오소라가 습, 하고 입을 닦았다.

"놀라긴. 이제 나 유부남 됐다고 아주 가족처럼 기다리는구나. 파파라치 조심해. 너 그렇게 부은 눈 찍히면 남성팬들 다 도망쳐."

낚인 것을 깨달은 오소라가 찌릿한 시선을 흘겼다.

"오빠 기자회견 보고 엉엉 울어서 이렇게 부은 거거든요?"

"아침이면 맨날 그 정도로 눈 팅팅 붓잖아."

"췟. 날 알아도 너무 잘 안단 말이지."

하품하며 기지개를 켜는 오소라의 옆에 앉은 민호가 말했다.

"밤샜다며? 피곤하면 오후에 작업해도 돼. 오늘은 스케줄 여유 있어."

"어떻게 만난 인기인인데 기다리게 해요. 이대로 또 밤새도 끄떡없어요."

다크서클이 뺨까지 내려온 얼굴로 이리 말하는 오소라에 민호는 그녀의 이마를 톡, 손끝으로 밀었다.

"내가 나 PD님인 줄 아냐. 우리 레이블은 작업할 때 무리 같은 거 안 해."

"오늘 보면 언제 또 볼지 모르잖아요."

"나 이제 어디 안 가. 녹음 다 못 하면 다음에 또 하면 되지."

"내일도요?"

"내일은 일이 있고."

민호는 나직이 '영원히 입원할지도 모르는 일'이라고 짧게 중얼거렸다.

"참, 소라 너 피아노는 열심히 연습하고 있어?"

"아…… 음……."

대답을 한동안 회피하던 오소라는 민호의 눈치를 살피다 벌떡 일어섰다.

"작업 시작할까요, 프로듀서님?"

"거기 딱 서."

녹음 부스로 향하기 위해 등을 돌렸던 오소라가 활짝 웃은 채로 '왜요?' 하며 고개를 민호 쪽으로 향했다.

민호는 목소리를 내리깔고 물었다.

"내 유일한 조건이 뭐였는지 몰라?"

"당연히 알죠. 피아노 반주!"

번쩍 손을 들어 올린 오소라를 보며 민호가 '이게 퀴즈 미션이냐? 이걸 확!' 하는 표정으로 재차 물었다.

"연습했어, 안 했어?"

"쬐끔 했습……."

민호는 매니큐어를 곱게 칠한 오소라의 긴 손톱을 흘끔 살피고 고개를 흔들었다.

"바른대로 말해."

"연습해 둘게요. 안 그래도 이 노래 컴백무대에 잡혀 있단 말예요."

"무대? 앨범에만 들어가는 거 아니야? 게다가 이거 나랑 듀엣곡이잖아."

황당하다는 시선을 보내는 민호.

"그니까요. 헤헷."

타이틀곡과 함께 곁들이는 두 번째 무대로 이 곡을 택했다는 사실을 급히 알린 오소라는 도망치듯 부스로 내달렸다.

"야!"

그렇게 도주에 성공하는가 싶더니, 발목이 아픈 건지 쩔뚝이다 균형을 잃고 비틀거렸다. 민호는 반사적으로 일어나 오소라의 팔을 붙잡아 쓰러지는 것을 막았다.

"하와이에서 무리를 좀 했더니⋯⋯."

"너 지금 환자 코스프레로 이 위기를 벗어나려는 거야?"

"그건 아니고요. 다리를 삐긴 했는데 거의 다 나았어요, 이제."

민호는 일전에 나 PD가 보여주었던 파인애플 농장 속 걸세븐의 노동 영상을 떠올렸다. 그러고 보니 오소라도 예능에 솔로 앨범 준비에 보통 고생이 아니다.

"에구구, 머리야."

그냥 넘어가 줄까 하는데, 오소라가 머리를 문지르며 아픈 척을 시전해 왔다.

"밤을 샜더니 어지러워."

오소라가 살포시 가슴에 머리를 기대왔다. 민호는 손끝으로 그런 그녀의 이마를 밀어내 공세를 차단했다.

"뭐하는 거야?"

"그냥 눈 딱 감고 한 번만 안아 주지? 진짜 오랜만에 만난 건데."

"엉엉 울었을 때 포기한 거 아니었어?"

오소라는 무슨 그런 섭섭한 소리냐는 듯 고개를 휘휘 저었다.

"누가 뭐 평생 따라다닌다나. 그렇게 튼튼해 뵈는 가슴에 살짝 비빈다고 닳는 것도 아니고. 내가 먼저 찜해둔 HMG를 은하한테 뺏겨서 분해 죽겠구만."

민호는 구시렁거리기 시작한 오소라에게 뭔가 말리는 기분이 들었다.

"야, 너 말이 좀 그렇다."

"됐구요. 무대 때문에라도 피아노 연습은 확실히 할 거니까, 오빠도 오늘은 어디 가지 말고 제 옆에 꼭 붙어 있어요."

도둑 포옹을 시도하다 도리어 역정을 낸 오소라는 당당히 부스 안으로 걸어 들어갔다. 그리고 헤드폰을 착용한 채 준비됐다는 듯 손을 들어 올렸다.

민호는 한숨을 푹 쉬고, 오디오 장치 앞에 놓인 오르골에 손을 댔다.

'저 왔어요, 작곡가님.'

오르골에서 따뜻한 기운이 퍼져 나와 오소라가 어떤 식으로 불러줬으면 좋겠는지에 대한 의견을 건네 왔다.

'알겠어요. 아, 박중호 선배님을 위한 곡도 하나 나왔다고요? 바로 전해 드릴게요.'

민호는 녹음실의 프로듀서 의자에 앉았다. 방음 부스와 통하는 마이크 버튼을 누른 뒤 말했다.

"일단 느낌대로 불러봐."

-넵!

노래의 제목은 '편지를 부치며'. 안성길이 군에 있을 때 집에 있을 가족을 생각하며 썼던, 계절의 정취가 담긴 가사에 서정적인 선율을 얹은 곡이었다.

큐사인을 보낸 민호는 자신이 기존에 녹음해 두었던 목소리가 담긴 부분을 켰다.

-황막한 이곳의 추위는 맵다 못해 뼈를 저민다. '너무 춥고 힘들어'라고 편지에 적어내다, 마음 약한 어머니와 동생이 걱정에 잠 못 들까 이렇게 적는다.

"올겨울은 봄날처럼 따뜻해. 아무 염려 마세요. 저 건강히 잘 있어요."

민호도 음악을 들으며 나직이 가사를 읊었다. 남자 파트가 끝나고 오소라가 목소리를 덧입혔다.

-잘 있지, 오빠? 여긴 봄이 왔어. 바람이 심술 난 건지 이리 불었다 저리 불었다, 꽃잎이 막 떨어지고 그래…….

그녀는 여동생의 입장에서 오빠를 생각하는 가사를 말하다 울컥했는지 눈물을 살짝 글썽였다.

"소라야."

-네.

"이 곡은 절제가 필요해. 감정을 폭발시키지 말고 담담히."

-이거 너무 슬픈데. 특히 오빠 파트가요. 몰입이 확 되네요.

"그건……."

민호는 안성길 작곡가가 해준 말을 그대로 옮겼다.

"여기선 굳이 널 드러내려고 애쓸 필요 없어. 내려놔. 노래 너머의 너와 오빠를 그려볼 수 있게."

-그렇게 말하니 정말 민호 오빠가 내 오빠 같네요.

"뭐 어때. 노래도 연기의 일종이잖아."

-전 이런 연기 싫거든요! 듀엣이면 연인노래 불러야지, 이게 뭐람.

입술을 비쭉 내민 오소라는 그럼에도 안성길이 주문한 대로 담담히 녹음을 소화해 나가기 시작했다.

　점심시간.

　민호는 통화를 위해 휴게실 테라스에 섰다.

　"네, 아버지. 말씀하세요."

　―어차피 인사는 드려야 하는 거니까, 서철중 반장님은 내가 먼저 찾아뵙도록 하마.

　"정말이요?"

　윤환의 말에 민호는 도무지 믿어지지 않는다는 표정을 지었다.

　"서에 직접 출두하시겠다고요?"

　―강북서라며? 거기 아마 내 친구도 있을 거야. 외출하는 김에 겸사겸사 만나볼 겸.

　"친구요?"

　―한 10년 전쯤에 과장이었는데 지금 뭐 하고 있을지는 모르겠네.

　"암튼 저는 대환영입니다."

　민호는 설마 아버지와 같이 가는데 다리몽둥이가 부러지진 않겠지 하고 안도했다.

　―대신 너도 내 일 좀 도와야겠다.

　"일이요?"

−이번에 내 은사님이신 이반 교수님께서 입국하신다. 네가 며칠 보필 좀 해.

 민호도 들어본 이름이었다. 아프리카에서 만났던 고고학자 베로니카 교수의 아버지 이반 타노프.

 "하라면 해야죠. 근데 은사님이시라면서 아버지는 안 만나시게요?"

 −어른들의 사정이라는 게 있다.

 "사정이요?"

 −네가 신경 쓸 건 아니야. 공식일정 말고, 따로 만나 뵙긴 할 거야. 네 할아버지와도 잘 알고 계셨던 분이니까 실수하지 말고.

 "걱정 붙들어 매세요."

 윤환은 민호에게 며칠 뒤의 입국시간과 이반의 인상착의를 설명해 준 뒤에 말을 이었다.

 −그 아가씨하고도 내일 만나야겠어. 줄 것도 있고. 미리 언질은 해두거라.

 민호의 눈이 번쩍 뜨였다.

 "은하 씨에게 줄 게 혹시 유품입니까!"

 −넌 빠져. 이건 며느리가 되어줄 아가씨와 시아버지 사이의 문제니까.

 역시 유품이다. 확 빈정이 상한 민호가 투덜거렸다.

"저한텐 유품 하나에 몇 억씩 갈취해 가시더니. 아주 손자 생긴다고 좋아 죽겠다 이거죠?"

—서 반장님 다음에 만날까?

아차 싶은 반문에 민호는 얼른 대답했다.

"하늘과 같은 아버지의 은혜로움에 저는 매번 감사하고 감사……."

—끊는다.

뚝.

민호는 회중시계로 보지 않았음에도 먼 미래가 어느 정도 예상됐다.

내일의 일이 무사히 끝나 일가를 이룬다 해도, 이 집안 먹이사슬의 밑바닥은 자신이 되리라는 것을. 처가 본가 다 포함해서 말이다.

다음 날.

윤환은 눈을 뜨자마자 외출 준비를 위해 욕실로 향했다. 나뭇결이 그대로 살아 있는 고풍스러운 거실을 지나던 그는 포장된 박스가 잔뜩 쌓여 있는 현관에 시선이 머물렀다.

최근 경매에서 쓸어 담은, 사람의 오랜 손때가 묻은 수많은 중고품. 능력이 깃든 물건을 찾기 위해 수십 년을 이어온 활동이었으나, 곧 며느리와 손자까지 생길 마당에 딱히 체면은 서지 않는 취미라 할 수 있었다.

"돌아와서 대충 치워둬야겠군."

세면대에 김이 모락모락 피어오르는 뜨거운 물을 받는 동안, 윤환은 욕실의 거울에 비친 자신의 얼굴을 살펴보았다.

주름살이 있는 눈매, 희끗희끗한 수염. 아저씨가 됐다는 건 오래전부터 인지하고 있었으나 오늘따라 새삼 나이가 들어 보였다.

'너도 많이 늙었다.'

내후년이면 오십. 이제 할아버지라 불릴 날이 머지않았다.

윤환은 세수를 끝낸 뒤 면도 거품을 발라 수염을 깎으며, 김이 서린 거울을 손으로 쓸어내려 다시 한 번 얼굴을 보았다.

매끈해진 턱선이 보이니 조금은 봐줄 만했다. 그러다 어떻게든 젊어 보이기 위해 애를 쓰고 있다는 사실에 실소가 흘러나왔다.

잠시 후, 수건을 머리에 뒤집어쓴 윤환은 옷방으로 향했다. 드레스 코드는 정장으로. 무난한 회색 셔츠를 걸쳐 입고 단추를 잠그다, 바깥 날씨를 확인해 보았다.

'춥진 않을 것 같은데.'

강북의 그 갑갑한 도로에서 한참을 움직여 할 것을 생각하면, 이동은 바이크가 좋겠다고 여긴 윤환은 정장에 코트가 아니라 가죽 재킷을 덧입었다. 민호의 장인이 될 분을 만나는 날이니 예의는 아니다.

윤환은 어차피 건물 안에 들어갈 때 벗으면 되니까, 하고 스스로 변명했다.

서재에 들러 어젯밤에 찾아둔 선물 가방까지 손에 든 윤환이 막 방 밖으로 나가려던 때였다. 주머니에 있던 휴대폰이 울렸다. 민호인가 싶어 손에 들었더니 해외의 번호가 떠 있었다.

『이반 교수님?』

ㅡ어, 윤환. 거기 새벽인가?

『아니요, 아침입니다. 3일 뒤에 오시는 거 맞죠?』

ㅡ맞네.

『그날 민호를 보내겠습니다. 그 고고학회의 콜린 교수가 동행하면 여러모로 불편할 테니.』

ㅡ차라리 그게 낫겠어. 그리고 물건은 전시회 일정도 있고, 콜린 눈치도 있고 해서 항공편이 아니라 배편으로 한꺼번에 부쳤네. 오늘이나 내일쯤 도착할 것 같아 미리 전화 넣은 거고.

『그래요?』

―아쉽지만, 내가 가기 전에 부서지더라도 어쩔 수 없지.

윤환은 인천항이 있는 방향 쪽으로 고개를 돌렸다. 아직까지진 아무런 느낌이 없으나 대비는 해둬야 할 것 같았다.

『알겠습니다.』

―이번 발굴 결과 발표를 한국에서 한다고 했더니 일본과 중국 쪽 회원도 꽤 모일 것 같아. 협회 관계자들이 아예 올해 회의를 한국에서 개최하자고 하더군.

『협회라면…….』

―자네가 후리고 다녔던 그 많은 여자가 다 모일지도 모른다 이거지.

『……교수님.』

―하하. 3일 후에 보세.

통화가 끝나고, 윤환은 진열장에 올려둔 가방을 어깨에 멨다. 서재의 탁자로 걸어가 민호의 어릴 적 얼굴이 박혀 있는 작은 액자도 챙겼다.

오랜만에 손에 쥐었더니, 민호의 할아버지이자 자신의 아버지인 강정균의 추억 하나가 머릿속을 스쳤다.

거실 바닥에 앉아 변신로봇을 손에 쥐고 입으로 효과음을 내며 놀고 있는 어린아이. 그 옆으로 강정균이 웃으며 다가왔다.

-우쭈쭈, 우리 민호 뭐 하고 놀고 있었어?

-슈웅~ 할부지. 주먹 받아.

스프링으로 튕겨 나간 주먹에 얻어맞은 강정균이 민호의 옆에 폴짝 쓰러졌다.

-어이쿠.

민호는 그런 할아버지의 과잉 대응에 무심한 시선을 던졌다.

-이거 그렇게 안 아파.

-그냐?

껄껄 웃은 강정균은 이제부터 손자랑 무슨 재미난 놀이를 할지 고민하다 주머니에서 동전 하나를 꺼냈다.

-민호야, 엄청 신기한 거 보여주마.

할아버지의 말에 그게 뭐냐는 듯 꼬마 민호의 눈이 반짝였다.

-에헴. 이 동전으로 말할 것 같으면, 진실과 거짓을 모두 말해주는 마법이 걸려 있돠!

핑그르 돌았던 동전이 강정균의 손에 떨어졌다.

-거짓말하는 친구 있으면 이걸로 확인도 할 수 있어. 너 뻥 쳤지? 하고 딱 튕기는 거지.

-그걸 꼭 던져서 확인해야 해? 놀이방 애들은 거짓말하면 막 손을 떤다고.

–그, 그냐? 민호 너 눈치 되게 빠르구나.

–그냥 아는 거야. 걔들 되게 바보거든.

잠시 기대했던 민호는 순식간에 관심이 식어버린 듯 로봇 조작에만 신경을 쏟았다. 강정균은 이 엄청난 가치의 동전을 못 알아보는 손주에게 바짝 붙어 또 다른 쓰임법을 설파했다.

–우리 민호 놀이방에서 선생님이 시험 같은 거 안 봐? 이렇게 튕기면 어떤 문제든 풀 수 있어.

–시시해.

–시시?

–답을 알면 너무 간단하잖아. 그걸 찾는 과정이 재밌는 건데.

고작 네 살 꼬마에게선 나올 수 없는 상당히 어른스러운 대답에 강정균은 당황에 빠졌다.

–어…… 그, 그건 그렇지. 과정이 차암~ 중요한 건데 말이야. 하하! 우리 민호 똑똑하네.

–나 아니야. 슈퍼 X가 그랬어.

강정균은 X 자가 그려진 변신로봇에 '너였냐?' 하는 시선을 던졌다. 요즘 만화는 너무 교훈적인 것 같다고 중얼거리던 그때, 부엌 쪽에서 젊은 윤환이 고개를 내밀었다.

–아버지, 민호랑 무리해서 안 놀아도 돼요. 혼자 열심히 잘 놀아요.

─윤환아. 애 좀 이상하다. 너나 나 안 닮은 거 같아.

─그건 다행이죠. 속은 애 엄마 꼭 빼닮았으니. 점심 라면 어때요?

─오케이, 면발 꼬들꼬들하게. 신혜 닮았다고? 캬, 이 녀석 커서 엄청 똘똘해지겠네.

귀엽다는 듯 손자의 볼을 살며시 꼬집어보는 강정균의 입가에는 미소가 끊이지 않았다.

추억을 되새기며 집에서 나온 윤환은 '트라이엄프'란 마크가 박혀 있는 클래식 바이크 뒤에 짐을 올렸다. 시동을 걸기 직전 민호에게 30분 뒤 도착한다고 문자를 보내 두었다.

퉁퉁거리는 투박한 배기음과 함께 2기통 865cc의 엔진이 열기를 발산했다. 헬멧을 착용한 윤환은 오른손으로 엑셀을 당기고, 왼발로 익숙하게 기어를 조작해 앞으로 쭉 달려 나갔다.

아침 햇살을 받으며, 레트로 디자인의 모터사이클이 외곽 국도를 부드럽게 질주했다.

강북 경찰서로 진입하는 통행로에 서서 오매불망 아버지

를 기다리고 있던 민호는 어디쯤 오셨을까 나침반을 들고 살펴보았다. 흰빛이 뻗어 나가 저 멀리서 달려오는 클래식 바이크를 가리키는 것에 눈을 치켜떴다.

윤환이 오랜만에 외출했다는 사실도 놀랄 만한 일이지만, 이곳까지 바이크를 타고 왔다는 사실은 더더욱 놀랄 일이었다.

한겨울의 라이딩을 여유 있게 즐기며 경찰서 앞에 멈춰선 윤환이 헬멧 덮개를 올리고 민호를 바라보았다.

"뭐 하고 있어? 안 들어가?"

"반장님께 들킬까 봐요."

"원, 녀석도. 가자."

"안 추우세요?"

"별로."

윤환은 고개를 흔들고 강북 경찰서의 주차장까지 바이크를 움직였다. 쪼르르 뒤따라온 민호가 윤환의 옆에 섰다.

"은하 씨는 오는 중이래요. 반장님은 안에 계신 것 같고. 어제 얘기해 뒀어요. 아버지도 오실 거라고."

헬멧을 바이크 미러에 걸쳐 놓고 가죽 재킷을 벗던 윤환이 고개를 돌리며 물었다.

"왜 그리 얼어 있어. 장인어른 될 분이 그리 무섭냐?"

"말도 마세요."

윤환은 바이크 뒤에 묶어두었던 선물 가방을 손에 들고 민호에게 말했다.

"바보 같은 아들놈이 사고를 쳐서 나까지 싹싹 빌어야 한다니. 집안 수치인 건 알지?"

"크……."

"넌 좀 있다가 그 은하라는 아가씨 오면 같이 들어와."

"그럴게요."

"뭘 믿고 애 엄마를 닮을 거라고 단언했을까."

"뭐가요?"

"아니다."

윤환이 혀를 차며 경찰서 안으로 사라졌다. 민호는 두 손을 꼭 붙잡고 제발 잘 해결되길 빌었다.

강력반이 자리한 2층 복도로 들어선 윤환은 경찰서 내부를 둘러보며 흘러간 세월을 또다시 실감했다.

'언제였더라?'

수사 드라마에 꽂혀 사건 해결을 돕느라 어쭙잖게 형사 흉내를 내며 다녔던 것이 벌써 20년은 됐다. 허름한 잿빛 외벽에 담배 연기 자욱하던 시절의 경찰서만을 기억에 담고 있던 그에게 이런 현대식 관공서는 도리어 어색했다.

'딸랑' 하는 종소리가 나는 문을 열고, 윤환은 수사 2과라

적힌 곳 상석에 앉아 있는 한 사내에게 시선을 던졌다.

경험과 연륜이 풍부해 보이는 눈을 가진 현직 형사반장. 그의 날카로운 분위기는 과연 민호가 두려움에 떨 만해 보였다.

강력반 내부를 조용히 걸어간 윤환이 서철중의 앞에 섰다. 신문에 시선을 던지고 있던 서철중이 인기척에 고개를 돌렸다.

"무슨 일이시죠?"

"민호 아비, 강윤환이라고 합니다."

"아, 일찍 오셨군요."

서철중이 자리에서 일어났다. 다리 부상 때문에 목발을 한 손으로 짚은 채로 윤환에게 악수를 청했다.

"어서 오십시오, 민호 아버님."

"반갑습니다, 반장님."

간단한 인사 속에 깊은 눈빛이 오갔다.

"이쪽으로 앉으시죠. 커피 괜찮으십니까?"

"네, 부탁드립니다."

소파를 가리킨 서철중은 책상에서 고개를 쭉 빼들고 구경 중인 수사 2반 형사에게 눈짓해 커피를 주문했다.

윤환이 자리에 앉자마자, 서철중은 단도직입적으로 말했다.

"저는 강민호 군에게 정말 실망했습니다. 은하 나이 이제 스물둘입니다. 건전하게 사귀어도 될 시기에 아이라니. 은하는 물론이고 민호 군도 앞날이 창창한 젊은이입니다. 마치 애들 장난처럼 결혼하겠다고 기자회견까지……."

강직한 성격으로 짐작되는 서철중이 차분하게 말을 이어 나갔다. 윤환은 대부분 고개만 끄덕이는 것으로 서철중의 말에 동감을 표했다.

"……민호 군 아버님께서 이 거북한 자리에 손수 오신 만큼, 제게 무슨 할 말씀이 있는 것으로 생각됩니다."

서철중의 시선이 윤환을 향했다. 어서 할 말을 하라는 듯한 눈빛.

"사실……."

윤환은 딱딱하게 굳어진 상대의 표정에 담담한 미소로 응대하며 말했다.

"딱히 드릴 말씀은 없습니다. 그냥 은하 아버님께서 화가 나신 만큼 철없는 제 아들 녀석 혼쭐을 내주십사 부탁하는 것 외에는. 나머지는 모두 은하 아버님의 의견을 따르겠습니다."

이 대답에 서철중이 의외라는 눈빛이 됐다.

"설령 결혼을 반대하더라도 말입니까?"

"반대하시더라도 말이죠."

윤환은 처음부터 이 문제에 대해 크게 고민하지 않았다.

평소 민호에게만 얼핏 들었던 서철중은 직접 보고 나니 그 성품이 확연히 느껴졌다.

주관이 확실하고, 불의를 보면 절대 넘어가지 않는 이 시대에 찾아보기 힘든 형사. 그런 그가 택할 결과는 양쪽 모두에게 결코 손해가 가지 않는 길이 되리라는 것.

"이런, 커피가 오기도 전에 용건이 끝난 것 같네요. 밖에 민호가 벌벌 떨며 서 있는데 녀석 똥줄 좀 타게 조금만 더 있다 가겠습니다."

윤환이 웃자 서철중의 눈빛에 한결 부드러움이 맴돌기 시작했다.

덜컹.

강력반 입구의 문이 급히 열리고 일회용 커피잔을 양손에 든 한 중년인이 나타났다. 소리가 나 동시에 고개를 돌린 윤환과 서철중.

"어? 기영이?"

"서장님?"

윤환은 오랜만에 본 친구의 모습에 반가움을 띤 얼굴이, 서철중은 강북경찰서 서장이 왜 커피 심부름을 하고 있는지 의아한 얼굴이 됐다.

서철중이 다가온 이기영 서장에게 짧게 경례를 올려붙였다.

"서 반장. 신문 중이었어?"

"그건 아닙니다만, 여긴 왜……?"

"휴, 붙잡혀 온 줄 알았잖아. 얘가 워낙 바람 같은 친구라. 자, 커피들 드시고."

이기영은 커피잔을 탁자에 내려놓고 윤환의 옆에 앉았다.

"얌마, 강윤환. 이게 몇 년 만이야. 넌 어째 10년 전이나 지금이나 똑같냐. 진짜 섭섭하다. 동창회에 한 번도 안 나오더니. 윤정이 부장검사로 직급 올랐다며? 이젠 내가 벌벌 기게 생겼다. 네 아들이 강민호인 거 알고 깜짝 놀랐잖아. 내 딸이 지금 중학생인데 강민호, 강민호 노래를 불러."

"나중에 얘기하자."

"그럴래? 요즘 골치 아픈 사건투성인데 옛날 네 실력 녹슬지 않았으면……."

"알았어. 얼른 나가 좀."

오자마자 윤환에게 쫓겨나가면서도 이기영은 쉴 새 없이 관심을 표하며 사라졌다.

약간 훈훈해지려던 분위기가 갑자기 뒤숭숭해졌다. 윤환은 그것을 느끼고 헛기침을 했으나, 돌이키기엔 늦은 감이 있었다.

고모가 검사라는 건 알고 있었어도 서장의 지인이라니. 서철중은 이 사실에 절대 압박을 받지 않으려 했으나, 강력반 복도 창문에 빼꼼 고개를 들이밀고 있는 이기영을 보고 혀를 차지 않을 수 없었다.

"이기영! 가라니까!"

"하하, 좀 있다 나 꼭 보고 가!"

서장이 손을 흔들고 사라졌다. 윤환은 미간을 문지를 수밖에 없었다. 이럴 때는 화제를 돌리는 것이 제일.

"민호에게 듣기로 은하 아버님의 취미가 유서 있는 스포츠 용품을 모으는 거라고 해서 하나 가져왔습니다."

윤환은 들고 온 선물 가방을 내밀었다.

"뭡니까?"

"한번 보시죠."

서철중은 회색 가방의 지퍼를 열고, 안에서 운동복 한 벌을 꺼냈다. 등번호 3이 박혀 있는 무척 오래되어 보이는 야구 유니폼이었다.

"소싯적에 미국 여행을 하던 중에 얻은 겁니다. 메이저리그 통산 장타율 1위, 1921년 시즌 득점 177점, 통산 OPS 1.164의……."

유니폼을 살피고 있던 서철중이 멈칫했다. 뉴욕 양키스의 영구 결번 3번, 윤환은 그 위대한 타자에 대한 기록을 말하고 있었다.

"베, 베이브 루스?"

"맞아요. 그 선수가 실제로 입었던 유니폼 중에 한 벌입니다. 가방 서류철에 있는 감정서를 보시면 알 겁니다."

서철중은 이렇게 가치가 큰 물건을 어찌 가볍게 건네주는 건지 놀란 눈길이 됐다. 윤환은 별것 아니라는 듯 웃으며 말했다.

"우연찮게 얻은 물건인데 제겐 그리 가치가 없어서요. 소중히 여길 만한 사람을 주인으로 두고 있는 게 저 유니폼한테도 좋을 것 같고 말이죠."

윤환은 과거 저걸 입고 아마추어 리그에서 설쳤던 한때를 떠올리다 속으로 안녕을 고했다.

"아무리 그래도 이렇게 귀중한 것을……."

"부담 갖지 마세요. 은하 아버님이 멍청한 제 아들 때문에 속 썩은 것에 비하면 아무것도 아닙니다."

서철중이 감탄에 감탄을 거듭하며 유니폼을 살피는 동안, 커피를 깔끔히 비워낸 윤환이 자리에서 일어났다.

"이만 가보겠습니다. 기영이…… 아니, 서장님께는 나중에 찾아가겠다고 전해주시고요. 민호 녀석 올려 보낼 테니, 은하 아버님 마음대로 해주세요."

윤환이 고개를 꾸벅 숙이고 사라지는 동안, 서철중은 그가 사라진 안쪽 문에 멍하니 시선을 던졌다.

정문으로 걸어 나온 윤환은 초초하게 서 있는 민호를 발견하고 다가섰다.

"아버지!"

"오늘따라 왜 이리 촐싹거리냐."

"중요한 날 아닙니까. 어떻게 됐어요?"

부디 잘 끝났기를 비는 듯한 민호의 눈길. 윤환은 머지않아 서철중을 사돈이라고 호칭해야 하리라 생각하며 싱긋 웃었다. 그리고 민호를 적당히 골려 주려 했다.

그러나 그 찰나.

서쪽 방향 저 먼 어디에선가 찌릿한 무언가가 윤환의 신경을 때렸다. 서서히 배의 속도를 따라서 움직이고 있는 오래된 유물. 이반 교수가 발굴한 그것이다.

'왔군.'

윤환은 바이크 뒤에 묶어둔 가방에 시선을 던졌다. 연락을 받고 챙겨 나오길 잘했다.

"어라?"

갑자기 등골이 오싹해진 민호가 주위를 살폈다. 뭔가 께름칙한 느낌이 강하게 드는데 보이는 건 없고. 단지 기분 탓인 것으로 치부하기엔 팔뚝의 소름이 선명히 돋아 있었다.

"민호야."

바이크로 걸어가기 직전, 윤환은 민호를 조용히 불렀다.

"은하라는 아가씨는 어디 있니?"

"아마 학교에 있을 거예요."

"학교?"

"오기 전에 휴학계를 내고 온다고……."

대답하던 민호는 다시 등골이 오싹한 기분에 고개를 뒤로 휙 돌렸다.

"뭐지? 애장품 만진 거 없는데, 지금."

윤환은 민호의 어깨에 손을 올렸다.

"오늘은 그 아가씨와 꼭 붙어 있거라."

"위에서 얘기 잘되신 거예요?"

"그런 건 아니고. 반장님이 뭐라 하거든 그냥 얻어맞아. 그래도 공직자시니 죽지 않을 만큼만 때리실 거다."

"아버지."

철석같이 믿었던 아버지의 음성에 민호는 땅이 꺼지는 기분을 느껴야 했다.

가죽 재킷을 걸치고 클래식 바이크에 올라탄 윤환이 민호에게 손을 흔들어 보였다.

"올라가 봐. 반장님이 할 얘기가 있으시니까."

"네……."

풀이 죽은 민호가 정문으로 걸어 들어가는 동안, 윤환의 바이크는 강북 경찰서를 빠져나가 서쪽으로 쭉 이동을 시작했다.

100.
다크 렐릭 라이즈 (2)

인천항 컨테이너 야드.

윤환은 부두 한쪽에 바이크를 세운 뒤 급히 뛰어내리며 휴대폰을 들었다.

"어, 창순아. 문 좀 열어줘야겠다. 방금 들어온 선적품 중에 꺼내 가야 할 것이 있어."

―금방 갑니다. 어째 으슬으슬하더니만 선배님이 오실 징조였군요.

가방을 챙겨 든 윤환은 유물의 기운이 물씬 느껴지는 방향에 시선을 던졌다.

수백 개의 거대한 컨테이너가 오가는 터미널 한쪽. 포장이 겹겹이 되어 있을 텐데도 검은 기운이 아지랑이처럼 뿜어져 나오는 한 컨테이너가 크레인에 의해 서서히 바닥에 내려앉았다.

'때맞춰 도착했군.'

과거의 유물 중에서도 신격화됐거나 종교와 연관성이 짙은 인물의 물건에는 저렇듯 검고 혼탁한 기운이 흐른다. 그것이 악하건 선하건 상관없이.

이것은 무당, 샤먼과 같은 영혼과 교감할 수 있는 신체를 가진 이들에겐 치명적이다. 단순히 몸을 빌려줘 점을 치는 것을 넘어 유물의 주인에게 먹혀 버리고 마니까.

저주받은 물건, 혹은 저주받은 장소에 얽혀 있는 소름 끼치는 전설은 때로는 실제로 벌어진 일이기도 하다.

물론, 세상에 영혼 감응능력이 발달한 사람은 많지 않다. 그중에서도 강씨 집안은 특이하다 할 수 있고.

윤환이 이 같은 특수한 유물을 찾아내 봉인하거나 파괴하는 작업을 해올 수 있던 것은 강씨 집안이 가진 핏줄에서 기인했다.

영혼이 깃든 물건을 감지하고, 그것을 활용할 수 있는 힘. 잘못 건드리면 유물에 먹히는 위험을 감수해야 하는 것은 다른 감응자와 동일하지만, 확률은 높지 않다. 대를 이어오며 쌓인 경험 때문에 훨씬 잘 대비할 수 있으니까.

'둔감한 민호 녀석이 덩달아 느낄 정도라니. 생각보다 영

향력이 강해.'

윤환은 컨테이너에 시선을 고정한 채로 가방에서 액자를 꺼내 손에 쥐었다. 그동안 특수한 유물에 손쉽게 대적할 수 있던 것은 이것 때문이었다. 아버지 강정균의 유품을 손에 쥐고 있는 한 자신은 절대 유물에 먹히지 않는다.

"선배님!"

선적 사무실에 있던 고창순이 반대편에서 달려오는 모습이 보였다. 산적처럼 생긴 얼굴이지만 성격은 매우 순박한 그는, 검은 기운이 담긴 유물의 영향으로 아이를 잃은 아픔이 있던 사람이기도 했다.

"새해 복 많이 받으세요."

"너도."

차르르, 하는 소리와 함께 철창이 열렸다. 고창순은 철창을 한쪽으로 쭉 밀다가 부두 쪽을 보고 물었다.

"같이 온 분이 있어요?"

"왜?"

컨테이너 선착장에 외부인이 들어오는 건 드문 일이기에 고창순이 한쪽을 가리켰다.

"저기 택시요."

막 도착한 택시에서 내려선 스물 초반의 아가씨. 무언가에 홀린 듯한 표정으로 이곳을 향해 걸어오는 그녀를 본 윤환은 안색이 변했다. 그도 익히 알고 있는 사람이었다. 오늘 그녀와 민호 녀석 때문에 경찰서까지 다녀왔으니까.

서은하. 그녀가 점점 철조망과 가까워졌다.

"이런."

유물의 막대한 영향력이 저 아가씨를, 정확히 말하면 그녀의 뱃속에 담겨 있는 강씨 집안의 핏줄을 조종하고 있었다.

'감응능력이 얼마나 뛰어나기에 정신까지 잃은 거야?'

놀랄 만한 일이었다. 민호의 어릴 적보다 훨씬 재능이 뛰어난 손자라는 사실은 고무적이었으나, 지금 상황에선 최악의 독이었다. 민호와는 달리, 아기는 그 어떤 안전방벽도 없이 순수하게 모든 걸 받아들이고 있는 상태니까.

최적의 제물이 되어줄 존재가 제 발로 가까워질 줄은 몰랐는지 컨테이너 쪽에서 느껴지는 강렬한 기운이 짙어졌다.

윤환은 검은 아지랑이가 피어오르는 컨테이너와의 거리를 살펴보았다. 이미 영향권에 든 이상, 아무것도 보장할 수 없었다.

저 컨테이너가 열린 순간 유물의 주인이 뛰쳐나와 아기의 몸에 숨어들기라도 한다면, 유물을 파괴하는 것만으론 돌이킬 수 없는 사태에 직면한다.

며느리와 손자의 안전을 보장하기 위해서라도 결단을 내려야 할 때였다. 최악의 상황은 오래전 그날 한 번으로 충분했다.

"창순아, 잠깐만."

윤환은 방향을 돌려 이곳으로 걸어오는 서은하에게 달려갔다.

"……새아가."

서은하는 누군가의 다정한 목소리에 정신을 차렸다.

"어머."

그녀는 학과 사무실에 휴학계를 내고 나오던 중, 몽롱한 기분과 함께 잠에 빠졌다. 그리고 눈을 떠보니 웬걸, 여긴 찬 바람이 몰아치는 부둣가였다. 게다가 눈앞에 맑고 깊은 눈빛을 가진 중년의 신사 한 명이 서 있었다.

"놀라지 말거라. 난 강윤환이라 한단다. 민호의 아비."

말을 걸어온 상대의 얼굴에서 익숙한 무언가를 느낀 서은하는 그가 누구인지 곧바로 깨달았다.

"아, 아버님?"

"그 손에 쥐고 있는 거. 민호를 만날 때까지 절대 놓지 말거라."

서은하는 그제야 자신이 무언가를 들고 있음을 파악했다. 액자, 그것도 민호의 앳된 어린 시절이 담겨 있는 사진이었다. 기이한 것은 이곳에 빛이 어려 있어 민호의 상태가 그

대로 느껴진다는 것이었다. 뭔가 아픔이 있는지 현재는 붉은
색이었다.

"그리고 지금부터 내 말 잘 기억해 두었다가 민호에게 전
해다오."

중년 신사의 나직한 음성이 서은하의 귓가를 파고들었다.

"나와 연락이 닿지 않거든 이반 교수님부터 만날 것. 무슨
일이 벌어지더라도 침착하게 행동할 것."

중년 신사가 무슨 일인지 어리둥절해 떨고 있는 서은하의
어깨에 손을 올렸다.

"이런 때 주려고 했던 건 아니었는데. 이건 내 멍청한 아
들 녀석을 좋아해 준 것이 미안해 주는 선물."

푸른 다이아가 박혀 있는 귀걸이 한 쌍이 중년 신사의 손
바닥에 올라왔다.

"민호에게 꿈이 외교관이라고 들었다."

냉전 시대부터 전 세계를 무대로 활동했던 UN 소속 외교
관의 유품. 무려 10개 국어가 가능하게 해주는 기본 능력을
갖추고 있다는 중년 신사의 설명에 서은하는 놀라지 않을 수
없었다.

"이걸 차고 몇 개월 지내면 충분히 도전해 볼 수 있을 거
라 생각해. 굳이 한국이 아니어도 말이지."

"아버님……."

"택시!"

중년 신사가 돌아가는 택시를 불러 세웠다. 서은하를 뒷좌석에 태우고, '강북 경찰서'로 가줄 것을 말한 뒤 마지막으로 당부했다.

"심지가 강한 아이라고 들었다만, 무슨 일이 벌어져도 잘해결될 테니까 당황하지 말거라. 그렇게 심각한 일이 아니란다."

택시가 출발했다.

서은하는 창문 밖으로 보이는 중년 신사의 얼굴에 눈이 고정됐다. 그의 모습은 차분해 보였다. 왜 이런 상황이 벌어진 건지 불안하기만 한 그녀에게 안도감을 전해주는 따뜻한 시선이 서서히 멀어져갔다.

윤환은 컨테이너 앞에 섰다.

강정균의 유품 없이 이것을 찾게 될 줄은 몰랐다. 아직 대면한 것도 아니건만 머리끝에서 발끝까지 파고드는 이 아찔한 기운에 점차 자아가 의식 저편으로 밀려나는 것이 느껴졌다.

최초에 기운을 느끼고 발굴을 의뢰했던 것이 3년 전. 세상어디에 있든지 사람들을 저주라는 이름으로 은밀히 조종하며, 결국에는 강씨 가문의 몸을 노리고 찾아왔을 이 물건은,

한국에 도달한 직후 아니나 다를까 손자의 몸부터 노리려 들었다.

'어디 한번 만나 볼까?'

잠금장치를 해제하고 문을 열었다.

몽골의 발굴 현장에서 출토된 유물박스가 잔뜩 모여 있는 한가운데, 그것이 담긴 상자가 있었다. 검은 기운은 짙어지다 못해, 컨테이너 내부로 들어오는 빛을 모두 차단해 버렸다.

윤환은 서서히 그 앞으로 다가섰다. 그리고 상자의 윗면을 개방했다.

몽골의 전사가 사용했던 만곡도가 모습을 드러냈다. 이 물건의 주인은 지상 최고의 기병대를 운용했던 전사였을 뿐만 아니라 한 제국의 패왕이었다.

"반갑소. 내가 당신을 뭐라고 불러야 하지?"

기기기기긱—!

소름 끼치는 소음과 함께 검은 기운이 윤환의 전신을 뒤덮었다.

「강민호」—강북 경찰서.

"친구라도 마주쳤나?"

민호는 경찰서 앞을 서성이고 있었다. 학교에 들렀다가 금방 오리라 생각한 서은하가 아까부터 연락이 없었다.

"아우, 턱이야."

입술이 부르트고, 한쪽 눈에 멍이 들어 있던 민호는 강력반이 있는 2층에 시선을 던졌다. 설마 했다. 그래도 서로가 지성인인데 때리기야 하겠냐고. 다리몽둥이가 부러진다느니, 응급실을 찾게 될 거라느니 하는 우려들은 실제로는 일어나지 않을 거라고 무의식중에 안심하고 있었나 보다.

"내 딸을 훔쳐가 버린 놈에 대한 아버지의 분노라 생각하게나."

이렇게 말하고 주먹을 들이미는 서철중. 민호는 뚜드려 맞던 와중에도 반장님이 결혼을 승낙했다는 사실에 뛸 듯이 기뻐했다.

"어, 왔다."

택시가 도착해 서은하가 내려서는 것을 보고 민호는 얼굴이 활짝 피었다.

"은하 씨이! ……응?"

안색이 새파란 서은하를 본 민호가 놀라서 뛰어갔다.

"민호 씨……."

민호를 발견한 그녀는 안도한 표정이 되었다.

"방금 되게 이상한 경험을 했어요."

서은하는 부둣가에서 있던 일을 얘기하며, 손에 꼬옥 쥐고 있던 액자를 들어 올렸다.

민호는 자신의 어릴 적 얼굴이 박혀 있는 액자에 손을 댔다가 퍼뜩 떠오르는 추억에 이것이 할아버지의 유품이란 것을 확인했다.

"아버지가 부두에 계시다고요?"

"네."

"은하 씨. 어디 가지 말고, 반장님 옆에 있어요. 다녀올 테니까."

끼이익—!

민호는 급정거한 차에서 내리자마자 주위를 두리번거렸다. 부둣가에 주차되어 있는 클래식 바이크는 윤환이 타고 왔던 것이었다.

'무슨 일이야 대체.'

열려 있는 철창을 본 민호는 나침반을 다시 한 번 손에 쥐고 윤환을 떠올렸다. 그러나 나침반이 작동하질 않았다.

강북서에서 출발할 때도 경험한 것이지만 도무지 믿기지 않는 일. 윤환이 그 짧은 시간 동안 죽은 것이 아님에야, 어째서 찾아내지 못하는 건지.

언제나 쿨하기만 했던 아버지의 모습을 떠올리며 민호는 고개를 휘저었다.

'침착하라고 하셨어.'

마음은 바빴으나 민호는 주위를 유심히 살폈다. 그러다 저 멀리 문이 열려 있는 컨테이너에 시선이 머물렀다.

부리나케 달려가 컨테이너 앞에 섰다.

"허억, 허억."

숨을 몰아쉬며 안쪽으로 걸어 들어간 민호는 나무박스 한가운데 우뚝 서 있는 한 사내의 등을 발견하고 멈칫했다.

"아버지?"

가죽 재킷을 걸친 등. 영락없는 윤환이었다.

"뭐야, 걱정했잖아요."

그때였다.

서서히 몸을 돌리는 윤환의 시선에 얽혀 있는 이글거리는 검은 빛을 마주한 민호는 동작이 그대로 굳어지고 말았다.

『나를 아는가?』

민호는 알 수 없는 언어. 그러나 그것이 귀가 아닌 뇌리를 직격한 까닭에 뜻은 이해가 갔다.

마치 검에 깃든 대장군을 마주할 때처럼. 아니, 그때와는 비교조차 힘든 압박감이 민호의 전신을 옭아맸다. 대장군은 단순히 목을 베는 환영을 체험시켜 주었을 뿐이지만, 지금

아버지의 손에 들린 저 둥글고 거무튀튀한 도는 이 세상에 실제 하는 것이었다.

"아버지……."

『왜 나를 아버지라 부르는지 모르겠군. 나는 너와 같은 아들을 둔 적 없다.』

계속 지켜볼수록 놀람은 더했다. 눈앞의 저 상대는 윤환이지만 윤환이 아니었다.

서서히 걸어온 검은 눈빛의 무언가가 민호의 앞에 섰다.

『나는 칸. 그대의 이름은?』

"가, 강민호."

서로 간에 다른 언어로 이야기함에도 대화가 통했다. 민호는 이 순간, 아버지의 몸에 다른 무언가가 깃들어 있다는 확신이 들었다.

"당신! 거기서 당장 나와!"

『이제 알겠어.』

상대는 무언가를 깨달은 듯한 미소를 입가에 그렸다. 그리고 민호의 목에 손을 뻗었다.

"컥."

민호는 검은 눈빛이 온몸을 덮치는 듯한 환영을 목격했다. 그 짙은 암흑에 휩쓸려 민호는 몸이 저 뒤편으로 날아가는 듯한 기분을 체험…….

'어어?'

놀랍게도 이것은 착각이 아닌 진짜였다. 민호는 한발 물러나 자신의 뒤통수를 두 눈으로 보게 된 이 상황에 당혹감이 찾아왔다.

일종의 임사 체험 같은 상태.

공중에 살짝 떠서 자신을 내려다보는 기분이란 건 정말 색다른 경험이라 할 수 있으나, 마냥 지속하고 싶은 상태는 결코 아니었다.

『내 몸이 상하게 되면, 이 몸을 또 써먹을 수 있을지도 모른다 이건가? 구처기. 당신의 말은 틀렸어. 불로장생의 방법은 여러 가지였다고.』

한 발짝 물러서서 사태를 지켜보던 민호는 자신의 목을 옥죄던 손이 사라진 것을 보았다.

'어딜 가는 거야?'

저 멀리 사라지는 윤환을 두 눈 뻔히 뜨고 보면서도 민호는 어찌할 방법이 없었다.

'제길!'

그 순간, 반지에서 따뜻한 기운이 뻗어 나와 전신에 퍼져 나갔다.

몸 뒤편에 서 있던 민호는 그 따뜻한 기운이 JB의 형태를 한 것에 놀랐다가 온전히 자신의 몸에 자리 잡은 것에 더 놀랐다.

「칸」—인천항 제1 부둣가.

방금까지 고대의 물건에 깃든 존재에 불과했던 이, 칸은 밖으로 나서자 찾아온 싸늘한 바람에 한껏 두 팔을 뻗었다.

"신기한 감각이군."

몽골의 언어가 아닌 자신은 전혀 몰랐던 언어를 내뱉고 있음에도 위화감이 느껴지지 않는 건, 이 몸이 본래 품고 있던 지식이 생각하면 그대로 떠오르기 때문이었다.

"되살아났어."

과거의 자신은 초원의 삶을 살았다. 새벽이슬처럼 눈 깜짝할 사이에 끝난 60년의 인생. 슬퍼할 새도 없이, 왕공대신들의 곁에서 그렇게 눈을 감았었다.

칸은 허리에 차고 있는 보도를 손에 들었다. 이건 자신의 애장품이다. 통나무 관에 누워 기련산 자락에 잠들어 있던 억겁의 시간. 그때는 왜 자신이 죽었음에도 의지를 지닌 채 만곡도에 깃들어 있었는지를 몰랐었다.

이 몸의 주인이 가진 무언가를 느꼈던 그때 비로소 알았다. 이건 환생이자, 부활이자, 하늘이 내려준 새로운 삶의 기회였다.

천천히 알아가도 되리라. 이제부터의 삶은 영원과도 같을 테니까.

"기마는……."

칸은 이 시대의 새로운 기마라 할 수 있는 그것에 눈길이 머물렀다. 조작 방법이 금방 떠올랐다.

'시동'이란 것을 시행하자 두둥거리는 소리가 귓전을 때렸다. 말의 울음소리와 맥박보다 가슴을 때리는 무거운 음.

"좋군."

칸은 쭉 뻗은 대지를 향해 새 기마를 몰아 그대로 달려 나갔다.

「JB, 강민호」–인천항 E1 컨테이너 터미널.

한때는 세상에 존재하는 아름다운 여인을 모두 섭렵했던 전설적인 스파이는 어째서 이 몸을 스스로의 의지로 움직일 수 있게 된 것인지 어안이 벙벙했다.

⟨JB.⟩

"What the……."

환청처럼 머릿속을 울리는 목소리에 놀란 JB가 주위를 돌아봤다.

⟨저랑 매일 이런 식으로 대화했으면서 그쪽이 놀라면 어떡해요?⟩

"민호?"

〈맞아요. 그리고 굳이 말로 안 해도 생각만으로 소통할 수 있어요.〉

JB는 고개를 끄덕였다. 그리고 물었다.

'어떻게 된 일이야?'

〈저도 모르겠어요. 몸을 움직일 수 있으면 어서 아버지를 따라가 봐요.〉

'그건 위험해 보여. 아까 본 상대는 결코 네 아버지가 아니었어.'

〈알아요. 거리는 벌려두고 미행해요. 적어도 정찰은 해둬야죠. 무슨 사태인지는 이반 교수님께 들으라고 하셨으니까.〉

JB는 은밀히 걸어 나가 컨테이너 외부에 시선을 던졌다. 저 멀리 바이크를 타고 부둣가 주변을 빙빙 돌고 있는 사내의 뒷모습이 보였다.

'아직 안 사라졌어.'

〈저도 보여요.〉

'내가 보는 걸 너도 본다고? 어우, 소름 끼쳐.'

〈농담이죠?〉

씩 웃은 JB는 이런 상황에 유머를 던지는 것 또한 스파이의 자질이라고 생각하다 그것을 민호가 듣고 있음을 깨닫고 헛기침을 했다.

〈하, 말도 안 돼. 뭐야, 이게? 유령이 된 거 같다고요, 나.

JB도 이런 식으로 제 옆에 있었어요?〉

'아니. 난 반지에만 온전히 지냈어. 어어? 지금 유, 유령이 이 몸에 붙어 있는 거야?'

〈JB…….〉

'미안.'

지이잉.

주머니에 있던 휴대폰이 울렸다. 발신자 '서은하'가 떠 있었기에 JB도 민호도 당황에 빠졌다.

〈침착해요. 은하 씨 지금 임신 중인 거 알죠? 나인 척 놀라지 않게 전화받아요.〉

"커험. 험."

JB는 휴대폰을 들어 통화 버튼을 누른 채 귀에 댔다.

"Hi. Miss, seo…… 아, 아니. 은하 씨. 접니다."

─걱정돼서 전화했어요. 민호 씨 사진이 갑자기 검게 빛나서…….

"괜찮으니 걱정 안 해도 됩니다."

─휴, 아버님은 찾았어요?

"찾긴 했는데. 일단 함께 있어야 할 것 같으니 은하 씨는 집에서 쉬고 있어요."

'나 잘하고 있지?'

〈집중해요!〉

민호의 일갈에 JB는 움찔했다.

-별일 없는 거죠?

이 질문에 JB가 민호에게 물었다.

'뭐라고 해?'

〈이제 거짓말은 안 돼요.〉

"아버지께 무언가 일이 생긴 것 같아요. 위험한지 아닌지는 더 봐야 하고. 그래도 은하 씨, 아버지의 말처럼 방법이 있을 거예요."

-나중에 설명 다 해줄 거죠? 기다리고 있을 테니 계속 연락 줘요.

통화가 끝났다.

'어때?'

〈나쁘진 않아요.〉

후후, 웃던 JB는 바이크가 다른 길로 사라지려 하자 황급히 붕붕이가 주차된 곳으로 달려갔다.

'민호. 아까 저것에 꼼짝도 못 했잖아.'

〈들키지 않을 정도만 따라가요. 나침반으로 아버지가 아니라 저 존재를 생각하면 위치는 금방 파악할 수 있으니까.〉

'맡겨둬. 미행은 내 전문이라고.'

"Hi, bnbn~"

JB는 라디오를 켜, 평소에는 절대 소통할 수가 없었던 애장 클래식카의 이름을 불렀다. 당연히 '드라이버 시뮬레이터 어쩌고'하는 기계음이 들려오길 기대했으나 아무런 반응이 없어 라디오에 귀를 가까이 가져갔다.

"얘 왜 이래? 고장이야?"

〈JB. 드라이버의 감각은 느껴져요?〉

머릿속에서 전해진 민호의 물음에 JB는 주위를 둘러보았다.

"아, 주변 상황이 조금 느려진 것 같아."

〈유품의 능력은 사용할 수 있다? 그렇다면 제가 아니라서 말을 안 거는 거 같아요.〉

"뭐? 야, BB. 사람 차별해?"

〈엄밀히 말하면 지금 JB가 사람은 아니죠. 반지에 깃든 영혼 같은 거잖아요.〉

오랜만의 세상 나들이에 들떠 있던 JB는 이 소리에 멈칫했다. 정곡을 찌르는 말이었다. 죽은 지 대략 30년은 지난 존재. 반지에 살다 보니 시간 감각이 모호했다.

"그래도 BB 너 섭섭하다."

JB는 라디오를 한차례 째려보고 전원을 꺼버렸다.

〈붕붕이의 시뮬레이터 옵션은 유품과 얼마나 소통할 수 있는지를 따르나 봐요. 이를테면, JB와 비숍이 본래 유품의

능력보다 더 많은 도움을 제게 주었던 것처럼요.〉

　민호의 분석이 의미 있다고 생각한 JB는 고개를 끄덕였다. 칸인지 뭔지, 자신보다 수백 년은 더 전 시대를 살았던 고대의 왕 때문에 별별 사실을 다 배우는 JB였다.

　'영혼 주제에 학습이라니.'

　〈문제는 이거예요. 아버지 몸을 빼앗은 저자도 일단 가문의 능력을 사용할 수 있다고 가정해야 하니까.〉

　"그러면 훨씬 까다롭잖아. 대체 어떻게 상대해야 해?"

　〈이반 교수님은 알고 계신 것 같았어요.〉

　"그 사람 3일 후에 온다고 했지?"

　〈네, 그때까지는 아버지를, 아니 아버지 몸을 탈취한 저 존재를 막아야 해요. 사고 치면 큰일이니.〉

　"그럼, 네 스케줄은?"

　〈그건 중요한 게 아니에요.〉

　"방송국 가야 예쁜이들 많이 구경 하는데. 너 좋다고 달라붙는 여자도 많고."

　〈…….〉

　"나침반이 어딨더라~"

　칸은 이미 부두 저편으로 사라졌으나, JB가 나침반을 들고 그를 떠올리자 흰빛이 한 방향을 가리켰다.

　"아차차, 얼굴, 얼굴."

서철중에게 처참히 얻어맞아 한쪽 눈이 멍든 까닭에 민호의 얼굴은 너무 볼품이 없었다. JB는 차의 서랍을 열어 선글라스를 착용하고 신나게 외쳤다.

"오케이, 출발! 왕년의 운전 실력을 발휘해 주겠……."

"이봐요!"

엑셀을 밟으려던 JB는 컨테이너 시설 쪽의 철문에서 누군가 헐레벌떡 달려오는 것을 확인하고 민호에게 속으로 물었다.

'아는 사람?'

〈몰라요.〉

JB는 다가온 이를 자세히 바라보았다.

투박하게 생긴 외모에, 통관기획과장 '고창순'이라는 이름표를 목에 걸고 있는 사내가 창문 옆까지 달려왔다.

"강민호 군 맞습니까?"

"어? 민호를 아세……."

〈저를 제3자처럼 부르지 마요.〉

'웁스.'

JB는 사레가 들려 기침을 하는 척, 목을 붙잡고 손을 들어 보인 뒤에 고창순에게 다시 물었다.

"저를 아세요?"

"전 민호 군 아버님의 학교 후배입니다. 종종 얘기 들었습니다."

"아."

"민호 군도 봤습니까? 방금 컨테이너에서 나온 윤환 선배님 말입니다……."

고창순이 심각해진 안색으로 말을 이었다.

"……선배님이 아닌 것 같았습니다."

"그건요……."

'뭐라고 말해?'

〈무슨 일인지 아느냐고 물어봐요.〉

JB가 민호의 말을 그대로 입에 담자 고창순은 고개를 끄덕였다.

"오래전에 비슷한 모습을 목격했어요. 그래도 그때는 아주 잠깐뿐이었는데, 지금은 한 시간이 지나도 다른 사람인 것처럼 보여서……."

상식적으로 도저히 벌어질 수 없는 일을 이야기하는 고창순이 동의를 구하는 듯한 눈길을 보냈다.

〈저희 집안을 좀 아시는 분 같죠?〉

'그래 보여.'

턱을 끄덕인 JB는 고창순에게 말했다.

"유물에 깃들어 있는 존재에게 도리어 조종당하는 상태 맞습니다."

"역시. 특수유물을 파괴하는 작업을 할 때는 절대 접근하지 말라고 하셨지만, 이건 비상 상황이었군요. 제가 뭐 도울 일 있습니까?"

'특수유물?'

〈검은빛이 나는 유물을 아버지는 특수유물이라 부르셨나 보네요. 일단 미행이 급하니까 함께 가면서 자세히 이야기해 줄 수 있냐고 물어보세요.〉

'알았어.'

1초의 망설임도 없이 착착 지시를 내리는 민호의 음성은 마치 비숍처럼 스마트했다. JB는 속으로 감탄하며 생각했다.

'근데 민호 너 거기 있으니 평소보다 똑똑해진 거 같아.'

〈본인이 유령인지 아닌지, 죽은 건지 산 건지 구별이 안 되는 상황이 되면 필사적이지 않겠어요?〉

'아…… 그리고 좀 차가워.'

〈설마요.〉

민호의 명령을 받아, JB는 고창순에게 함께 뒤쫓자고 제의했다. 고창순은 당연히 같이 가야 한다며 옆에 올라탔다. 나침반을 내비게이션처럼 기어 스틱 옆에 올려둔 JB가 차를 움직이기 시작했다.

미지의 존재가 내뿜은 검은 빛에 휩쓸린 직후, 의식이 몸

옆에서 풍선처럼 부유하는 기이한 경험을 하고 있던 민호는 당황에서 점차 회복해 이제는 이 상태를 객관적으로 바라보게 될 지경에 이르렀다.

〈유령이 된 걸 인정한 건 아니야.〉

'뭐라고?'

〈속도나 높여요, JB.〉

'이봐, 이봐. 마냥 따뜻한 민호는 어디 간 거야?'

민호가 아무 반응이 없자 JB는 "차가워."라고 중얼거렸다. 조수석의 고창순이 무슨 일이냐는 듯 시선을 돌렸다.

"아닙니다. 아까 하던 얘기나 마저 해주세요."

칸의 발자취를 좇아 이동하는 도중, 고창순은 강윤환과 지냈던 예전의 기억을 더듬어 입을 열었다.

"저주가 얽힌 유물에 대응하기 위해서는 그에 걸맞은 준비를 할 필요가 있다고 들었습니다. 그때는 농담 삼아 하신 말씀이라 생각했는데, '과거의 인물로 과거의 인물을 상대하는 웃기지도 않은 일'이라고……."

〈검은 유물 안에 깃든 존재는 미리 과거의 다른 인물과 동화되어서 상대해야 한다? 제대로 준비하지 못하면 나처럼 의식이 밀려나거나 아버지처럼 먹혀 버린다?〉

중얼거리듯 들려오는 민호의 생각에 JB가 머릿속으로 물었다.

'아프리카에서 내가 민호의 움직임에 확실히 관여해서 효율을 높였던 것과 비슷한 개념이야?'

〈아마도요.〉

'민호, 너희 집안 진짜 재밌는 몸이라니까. 그래서 준비가 끝나면 파괴 방법은?'

〈그건 고 과장님도 목격하신 바가 없으니 당장은 알 수가 없…… 아!〉

민호는 윤환이 길들인 황금사자상을 잠시 건드려 보았던 때를 떠올렸다. 전쟁의 환영에 휩싸여 어찌할 바를 몰랐던 그 상황. 그리고 해준 말.

"이 황금사자상을 소유했던 왕처럼 땅을 정복하는 것에 관심을 쏟은 이의 유물은 그나마 양호한 편이야. 종교적 영향력을 행사했던 이의 유물이면 심각하지. 신념이 다른 이에게 희생과 죽음을 강요하거든."

〈희생과 죽음을 강요할 정도로 꽉 막힌 인물이라면, 아버지의 몸을 갖고 무슨 짓을 할지 몰라.〉

민호의 생각에 JB도 소름이 끼친다는 듯 고개를 절레 흔들었다.

'붙잡아서 팔다리 묶어 놔야 하는 거 아니야?'

〈아까 경험했잖아요. 손도 못 써보고 제압당했어요.〉

막연히 자신과 상관없는 일이라 여겼던 그때의 대화가 현실로 벌어졌다.

가장 큰 문제는 과거의 인물에게 사로잡혀 버린 아버지 그 자체였다. 나침반에도 나오지 않을 만큼, 존재 자체가 아예 사라졌을지도 모른다는 불안감이 자꾸만 민호의 생각을 방해했다.

〈심각한 일이 아니라고? 어떻게요, 아버지?〉

부두를 벗어나 15분가량 질주해 온 지금, 대로변에 멈춰서 있는 바이크가 보였다.

'이 근처인데.'

〈찾아봐요.〉

JB가 나침반을 손에 들었다. 흰빛이 뻗어나가 한쪽을 가리켰다. 그것을 따라 시선을 돌리던 JB는 말문이 막히고 말았다.

패스트푸드점 창가에 한가롭게 앉아 있는 한 중년인의 모습. 컨테이너에서의 충돌이 없었다면, 윤환이 식사를 위해 저곳에 들렀다는 착각이 들 정도로 평화로워 보였다. 고창순도 칸인지 윤환인지 모를 존재의 행동에 어리둥절한 눈치를 보였다.

'저게 몇 개야? 메뉴에 있는 거 전부 시켜서 쌓아 놨네.'

햄버거가 수북한 테이블 옆에서 하나하나 조금씩 맛만 보고 있는 칸의 모습에 JB는 이게 무슨 사태인지 눈만 크게 떴다.

〈JB. 점자시계요.〉

'맞다.'

JB가 손목에 있는 시계를 터치했다.

ㅡ36번 손님. 아이스크림 콘 나왔습니다.

매장 안쪽에서 들려온 음성에 일어난 칸이 카운터로 걸어 갔다. 잠시 후 아이스크림 콘 하나를 들고 다시 창가에 앉았다.

'미, 민호. 봤어? 이게 말이 돼? 누가 저 사람을 보고 수백 년 전의 인물이라 생각하겠어.'

〈보고 있어요.〉

콘에 혀를 날름, 맛이 괜찮은지 '호오' 하고 감탄하던 칸은 여유 있게 창 바깥을 향해 시선을 던졌다.

〈대체 뭐 하는 거지? 구경?〉

민호는 가뜩이나 복잡해진 고민이 더욱 엉키는 것을 느꼈다. 목적을 갖고 움직이며 사고를 치는 것보다 오히려 더 불안하기만 한 모습이었다.

〈그가 살고 있었던 때와는 완전히 뒤바뀐 세상이야. JB가

따로 배운 것도 아닌데 한국말을 잘 구사하는 것처럼, 지식도 어느 정도 이용 가능한 거 같고.〉

'그건 그러네. 나도 민호의 몸을 빌리고 있지만, 전과 다르게 내 몸처럼 느껴지고. 이걸 뭐라고 설명해야 할지 모르겠어.'

JB의 반응에 민호는 한 가지 의문이 들었다.

〈제가 기존에 경험한 기억을 JB도 떠올릴 수 있는지 확인해 봐요. 예를 들어 프로게이머 시절.〉

'……흠, 모르겠는걸? 잘 안 떠올라. 내가 알고 있던 몸매 좋은 그녀들과의 기억은 쭉~ 생각나고. 뭔가 부분적인 기억 상실증에 걸린 기분?'

민호는 빠르게 생각을 정리했다. 유령인지 뭔지의 상태에서 장점이 하나 있다면, 아무런 감각이 느껴지지 않아 초스피드로 정보를 떠올리고 정리할 수 있다는 것이다.

〈이렇게 보면 추억이라는 게 단순히 뇌신경에 얽힌 물리적인 메모리가 아니라 영혼과 관련 있다는 건가? 몸이란 건 영혼의 그릇일 뿐인 거고. JB가 깃들어 있던 반지도 하나의 그릇인 거야. 하나의 인격체를 형성하는 것이 영혼의 유무와 밀접한 관계가 있다는…….〉

'그만해. 머리 아파. 그런 초월적인 문제는 네 아버지의 상태를 파악하는 데 그렇게 도움이 안 될 거 같은데?'

〈생각 정리 중이니 조용히 좀 해봐요.〉

'머릿속에서 1초 단위로 수십 개의 단어를 떠들어 대니 미치겠다고.'

〈……칸이나 잘 살펴요.〉

딱딱하고 차가운 생각의 울림에 JB는 입을, 아니 생각을 다물었다.

〈과거의 인물이 갑자기 이 세계에 뚝 떨어진다면, 아무 말도 통하지 않고, 문화와 인종까지 다른 곳에 홀로 있게 된다면 막막하지 않을까? 최소한 그 시대처럼 전쟁을 벌이는 건 불가능해.〉

'전쟁 벌이려고 설친다 해도, 저격 한 방이면 순식간에 사망이지.'

〈검은 유물을 상대해 본 경험이 많은 아버지가 저렇게 된 것은 은하 씨가 갑자기 끼어들어서야. 그게 아니었다면 저건 파괴됐을 거고.〉

민호는 한량처럼 앉아 있는 칸을 지켜보며, 윤환의 평소 모습을 떠올려 보았다.

〈아버진 은하 씨한테 잘 해결될 거라고 하셨어.〉

'놀랄까 봐 최대한 배려해 준 말이 아니었을까?'

〈아니요.〉

민호는 윤환이 절대 허언을 할 사람이 아니라고 확신했다. 그렇기에 연락이 닿지 않아도 이반 교수부터 만나라는 말을 전해주었을 것이다.

'저 상태 보면, 그다지 위험해 보이진 않잖아?'

〈그래도 문제가 생기지 않을 거란 확신이 필요해요.〉

고민하던 민호는 생각 하나가 번뜩였다.

〈만약 아버지가 겉으로는 의사를 표현할 수 없어도, 무의식 어디에선가 지식을 제한적으로 제공하고 있다면?〉

그것을 캐치한 JB가 곧바로 끼어들었다.

'그러면 저 칸은 이 세상에 대해서 거의 모르는 바보인 거잖아.'

〈JB는 어때요?〉

'내가 지금 바보 같냐고?'

〈뭐, 대충…… JB는 그냥 반지에서 지내고 있었을 때가 멋있었던 거 같아서요.〉

'무슨!'

〈삐질 일이 아니라 객관적으로 판단해요. 요원이잖아요.〉

JB는 인정하기 싫지만, 스파이 시절 때처럼 빠릿빠릿한 정신 상태는 아니라고 대강 에둘러서 대답해 주었다.

'나 원래 이런 영혼 아닌데. 몸이 네 거라서 그런 거 같아.'

〈네에, 네에.〉

패스트푸드점 앞쪽의 광고 스크린에 시선을 고정한 JB가 배를 쓰다듬었다.

'민호. 나 배고파.'

〈미행은 되도록 안 보이게 해야죠.〉

'이거, 네 몸이잖아. 영양은 챙겨 주라고.'

민호는 도리어 배고픔이 느껴지지 않아 신기하다고 생각하다 떨어졌던 몸과의 거리감이 처음보다 가까워졌다는 기분이 들었다. 멀찌감치 보이던 뒤통수가 이제는 코앞에 자리해 있는 것 같았다.

〈칸과 접촉한 충격에서 복구되고 있는 것 같아요.〉

'그래? 듣던 중 반가운 소식. 나도 어서 순진하고 바보 같았던 민호를 보고 싶다고.'

〈아직 확신은 못 해요. 그리고 JB. 저자가 아버지 지식을 어떻게 활용하는지 확인해 봐야 하니까 고 과장님께 이거 하나만 부탁해보세요.〉

「칸」―M 버거 하우스.

약 800여 년 전의 세상을 거닐었던 존재. 칸은 오가는 사람과 거리, 그 너머의 도시를 물끄러미 바라보며 장대한 시간의 변화를 체험 중이었다.

푸른 늑대와 흰 사슴의 후손들은 뿔뿔이 흩어지고, 그가 이룩했던 제국은 몰락해 다시 초원으로 돌아갔다. 그때는 몽골에서 서방의 전장까지 이동만 몇 년이 걸렸다. 지금은 매처럼 하늘을 나는 기구를 타고 하루도 채 걸리지 않는다.

간단하게 주문해 먹을 수 있는 이 음식들도 이 몸의 주인은 익숙한 듯 보였지만, 자신에겐 색다른 맛이었다. 아마 이 세상에 존재하는 거의 모든 음식이 이런 느낌이리라.

'이 내가, 변화에 적응할 기간이 필요하다 이건가?'

저 먼 허공에 눈길을 돌린 칸은 나직이 혀를 찼다. 이 도시의 하늘과 공기는 너무 탁해 좀처럼 적응이 되질 않았다.

그의 추억에 아직도 생생하게 남아 있는 몽골의 초원은 푸르기 그지없었다.

졸졸 흐르는 강물, 높고 낮은 산이 구불구불 이어진 대지, 지평선 위의 아득히 넓은 하늘은 구름 한 점 없이 맑고 아름다웠다. 그러나 이 추억을 이제는 '아주 오랜 옛날'이라 불러야 한다.

이 몸의 주인이 가진 지식으로 미루어 보니, 현재의 몽골은 환경변화로 예전과 같지 않은 모양이었다. 그러고 보니 궁금했다. 800년 후의 초원은 어떤 모습일지.

'인터넷으로 더 많이 찾아본다?'

개념조차 생소한 정보획득 방식을 떠올린 칸은 다음 이동 장소로 'PC방'이란 곳을 설정했다. '스마트폰'이란 손바닥만한 물건의 작동 방식은 조금 더 배우고 익혀야 제대로 이해할 수 있을 것 같았다.

바이크의 작동 방식을 단번에 이해하고 움직였던 것에 비교하면, 잘 받아들일 수 있는 지식과 생소한 지식 사이의 격차는 상당히 큰 모양이었다.

탁자 위에 수북이 쌓인 아직 건드리지 않은 '햄버거'라는 음식을 지켜보던 칸은 취향에 맞는 음식을 찾으려면 꽤 시간이 걸릴 것 같다는 예상이 들었다.

'마트? 두 번째는 그리로 가봐야겠군.'

결정하고 자리에서 일어난 칸은 매장 밖으로 움직였다. 문을 지나다 어떤 사내와 어깨가 살짝 스쳤다.

"시, 실례합니다."

상대의 사과에 칸은 건조한 눈으로 그를 훑었다. 부대의 선봉으로 활용하면 좋을 법한 무식한 인상의 사내. 과거였다면 당장 굴복시켜 부하로 삼았을 것이다.

'이젠 의미가 없어.'

천하에 위용을 떨쳤던 자신의 기마부대는 현세에 존재하지 않는다. 더는 싸워야 할 전장도, 싸워야 할 적도 없었다. 800년의 세월을 뛰어넘은 존재의 인생이란 건 무상하게 마련.

칸은 자조적인 미소를 지었다가 입구를 빠져나갔다.

몇 걸음 걷자, 바이크라는 그의 마음에 쏙 드는 새로운 이동수단이 보였다. 높이는 군마에 비해 훨씬 낮아 내려다보는 맛은 없어도, 사납게 으르렁거리는 그 울음소리가 이곳에 오는 내내 칸의 기분을 흡족케 했다. 마치 야수를 타고 다니는 것만 같은 느낌. 현재로써는 이 세상에서 가장 마음에 드는 물건이었다.

바이크에 올라탄 칸은 다시 이동을 시작했다.

「고창순」-M 버거 하우스 삼거리.

클래식카의 앞문을 열고 올라탄 고창순은 햄버거가 담긴 봉투를 내밀며 가슴을 쓸어내렸다.

"진짜네요. 저를 못 알아봅니다. 그래도 눈빛은 진짜 무시무시했습니다."

"들었지?"

"네?"

"아, 아닙니다."

머리를 긁적이는 민호. 고창순은 햄버거를 구매하는 사이 저 멀리 사라져 버린 바이크 쪽을 가리켰다.

"이제 안 보이는데 따라갈 수 있겠습니까?"

"그건 걱정 마세요. 햄버거 잘 먹겠습니다."

고창순은 허겁지겁 식사하는 윤환 선배의 아들을 가만히 쳐다보았다. 세간에선 귀신에 들렸다 할 수 있는 아버지를 쫓고 있는 처지 임에도 민호의 행동은 매우 침착했다.

"고 과장님도 드세요."

"저는 입맛이 없어서."

강윤환 선배의 집안이 예사롭지 않은 가문이라는 건 오래 전부터 알고 있었다.

세관에 갓 입사한 신입 시절, 멋모르고 건드렸던 밀수품의 영향으로 시름시름 앓았던 때가 있었다. 아이까지 같은 증상으로 사경을 헤맸음에도 병원에선 아무런 진단도 내리지 못했다.

그때 자신을 도와준 것은 윤환과 그의 아버지인 강정균 선생이었다. 비록 아이는 버티지 못하고 먼저 세상을 떠났으나, 윤환은 자기 일인 것처럼 함께 슬퍼하며 이유를 자세히 말해주었다.

세상에는 이렇게 설명할 수 없는 저주가 걸려 있는 물건이 있고, 세관 일을 하다 보면 이런 유물과 마주칠 일이 많을 거란 정보와 함께.

그리고 오랜 세월이 흐르는 동안, 윤환은 주기적으로 세관을 찾아와 그런 위험한 물건들을 찾아내 따로 빼내는 일을 도와주었다. 아무런 대가도 없이.

'강정균 선생님이 돌아가셨던 때가 언제였지?'

아마 자신의 아이가 죽고 얼마 지나지 않아서였을 것이다.

고창순은 죽을 뻔한 경험을 안고 있기에 이런 유물을 다루는 일 자체가 무척 위험하다고 인지하고 있었다. 그랬기에 이 일을 대를 이어서 해온 윤환의 집안을 존경했고, 조건 없이 일을 도왔다.

"출발하겠습니다."

햄버거를 다 먹고, 나침반을 만지작거리던 민호가 차를 움직였다. 매끄럽게 도로 위를 달리던 차는 채 5분도 지나지 않아 한 건물 앞에 멈춰 섰다. 음식점과 상점들이 밀집해 있는 5층의 건물 앞이었다.

"웹서핑한다고? 정말 현실 적응 중이네."

알 수 없는 중얼거림을 한 민호가 3층에 있는 PC카페에 시선을 던지자 고창순도 창문 밖으로 흘끔 고개를 돌렸다.

저곳은 창문이 없어 안을 확인해 볼 수가 없었다.

"어? 쟤들이 알아본 거 같은데?"

고창순은 민호가 당황한 음성을 내뱉자 왜 그런가 의문의 표정을 지었다가 갑작스레 창문에 얼굴을 부딪치는 한 소녀의 모습에 움찔 놀랐다.

"민호 오빠—!"

"꺄악, 강민호다!"

"어디, 어디?"

번화가라 그런지 삽시간에 차 주변으로 몰려드는 인파.

고창순이 어리둥절한 표정으로 앉아 있자 민호는 팔을 뻗어 차 문의 잠금장치를 얼른 누르며 말했다.

"고 과장님 TV 잘 안 보시나 봐요."

"일이 바쁘다 보니."

"이거 여기 계속 있기 힘들 것 같네요."

강민호를 연호하는 소녀팬들의 모습을 지켜보던 고창순은 그제야 10여 일 전에 얼핏 보았던 뉴스를 떠올렸다.

사랑하는 연인을 위해 아프리카의 위험지대에 뛰어들었다던 연예인. 동료에게 들었을 때는 말도 안 되는 과장된 스토리라고 생각했건만 그 주인공이 바로 옆에 앉아 있고, 윤환 선배의 아들이라고 하니 신뢰가 팍 솟았다.

"당장 아버지가 위험한 것 같진 않으니까, 고 과장님 다시 인천항에 모셔다드릴게요."

"그래도 따라다니는 편이 낫지 않겠습니까?"

"보시다시피 제가 연예인이라……."

난감한 듯 중얼거리는 민호를 보고 잠시 고민하던 고창순이 말했다.

"민호 군도 윤환 선배가 만진 그 유물에 일반 사람보다 영향을 훨씬 많이 받는 거죠? 접근조차 힘들 정도로."

"일단은요. 이반 교수님을 만나 봬야 방법을 찾을 것 같아요."

"그럼 여기서부터는 제가 쫓고 있겠습니다."

"고 과장님이요?"

"아, 물론 저 혼자는 힘들고. 예전에 어울렸던 동생들이 이 동네 폭주……."

"폭주?"

고창순은 헛기침하고 말했다.

"인천항을 드나들며 퀵 배달을 하는 동생들이 있습니다. 제 말이면 껌벅 죽으니 며칠간은 충분히 미행할 수 있을 겁니다."

그사이, 차 주위를 사람들이 더욱 에워쌌다.

"오빠악—! 사인해 주세요!"

"은하 언니는 어디 있나요! 두 분 너무 멋져요!"

"결혼 언제 하시나요?"

휴대폰 카메라로 촬영까지 하는 사람들을 확인한 민호가 고창순에게 고개를 돌렸다.

"수고스럽겠지만 부탁드려요, 고 과장님. 일 끝나면 사례는 충분히 할게요."

"사례는 오래전에 윤환 선배님께 받았습니다. 전화번호나 주십시오."

고창순은 민호의 번호를 기록한 뒤, 차에서 내렸다.

"실례합니다, 실례해요."

사람들을 헤치고 나가 곧장 PC카페가 있는 건물로 들어섰다. 그리고 휴대폰을 들어 번호를 찾았다.

왕년에 정신 못 차리고 놀던 시절, 같은 폭주족이었던 동생이다. 먹고살라고 세관의 퀵 배달 업무를 전부 맡기자 자신을 큰형님으로 모시고 열심히 따르고 있는 동생이었다.

신호가 가고, 거친 목소리가 들려왔다.

―창순 형님? 무슨 일이십니까?

"어, 민기야. 바쁘냐?"

―바쁘다마다요. 이 시기에 물류 엄청 쏟아지잖습니까.

"미안한데 일 좀 도와야겠다. 애들 몇 명만 지원해 줘."

―왜요 형님? 또 컨테이너에 외노자 잔뜩 타고 왔다가 다 토깠습니까? 이놈의 불법체류 새퀴들이 절차를 무시하니 우리 형님만 고생을…….

"그건 아니고. 누굴 미행하는 거야."

―미행?

"비밀 보장이 필수인데."

―그건 걱정 마십쇼. 어디십니까?

고창순은 PC카페의 입구에서 유리창 안에 보이는 윤환을 살폈다. 컴퓨터 앞에 앉아 무언가에 집중하고 있는 모습을 보아하니 당장은 급한 이동이 필요 없어 보였다.

"여기 제물포 쪽. 상대도 바이크로 이동 중이니까 빠릿빠릿하고 실력 좋은 애들로 부탁해. 아, 머플러 개조해서 시끄러운 바이크는 타고 오지 말고."

101.
다크 렐릭 라이즈 (3)

「강민호, JB」-강남 스타힐스 1012호.

〈확실하네요. 앞으로 한두 시간 정도면 완전히 돌아갈 것 같아요.〉

민호는 자신의 몸과 한층 가까워져 거의 겹쳐져 있는 상태로 숙소의 문을 열고 들어섰다.

아직 움직임 자체는 JB의 의식에 기대고 있지만, 몸이 피곤한 것이 어느 정도 느껴지며 감각이 서서히 돌아오는 중이었다.

'나 이제 말은 못 하겠어.'

〈고생했어요, JB.〉

거실을 지나 소파에 털썩 앉은 민호는 오면서 구매한 몽골

제국의 역사서를 손에 쥐었다. 어차피 대응 방법이 없는 이상, 상대를 알기 위한 공부가 우선이었다.

'어우, 나는 읽기 싫은데.'

〈그냥 시선만 던져줘요.〉

책장을 넘기길 30여 분. 민호는 칸의 최후에 대한 부분을 집중적으로 읽어 내려갔다.

나이가 든 칸은 더 오래 살기 위해 불로장생의 약도 찾아보았다고 한다. 당연히 그런 약은 존재하지 않았고, 장춘진인이라 불리던 한 유명한 도사에게 조서를 보내 불로장생법을 배우려는 시도를 해봤다는 기록이 있었다.

[세상에 떠도는 말을 믿지 마십시오. 사람은 불로장생할 수 없습니다. 저는 단지 몸을 건강하게 하고 병을 없애는 방법만을 알고 있을 뿐입니다.]

[그렇다면 그 방법이라도 가르쳐 주시오.]

[생명을 소중히 여기고 살생을 멀리하십시오. 그리고 욕심을 버리고 마음을 편히 하신다면 건강하게 지낼 수 있을 것입니다. 하늘은 살아 있는 것을 아끼는 마음이 있으므로 생명이라면 마땅히 살려 두어야 하며, 걸핏하면 살육하는 행위를 멈춰야 합니다. 마음속의 잡다한 욕망을 버리십시오.]

'뭐야, 구처기가 한 소리는 그냥 도사가 되라는 소리잖아. 얘, 목 안 잘렸대?'

〈안 본다면서요?〉

'심심해서.'

〈칸이 이걸 전부 따른 건 아니에요. 그래도 지키도록 노력하고 부하에게 지시하긴 한 모양이네요.〉

'생각만큼 악한 존재는 아니라 이건가?'

〈JB. 무서운 건 당장 눈에 보이는 악이 아니에요.〉

'그러면?'

〈뭐든 할 수 있는 영원의 시간. 이자에게 우리 가문은…….〉

"……불로장생을 이뤄줄 수 있는 아주 좋은 재료잖아요."

민호는 입 밖으로 말소리가 나오자 드디어 회복됐음을 기뻐하며 자리에서 일어났다.

"JB. 들려요?"

몸에 깃들었다 사라진 JB는 반지에서 따뜻한 기운을 발산하는 것으로 대답을 대신했다.

현재 시각 밤 9시.

아침에 반장님께 언어맞은 얼굴의 아픔이 이제야 명확하게 느껴졌다.

민호는 가볍게 몸을 풀고 거실의 진열장으로 걸어갔다. 그리고 붉은 기운이 일렁거리는 대장군의 검 앞에 섰다.

속단하긴 이르지만, 최소한 다른 상급 유물의 보호를 받고 있어야 검은 유물 앞에 설 수 있다. JB도 대적하지 못했으니까.

'문제는 내가 이런 유물을 다룰 능력이 안 된다는 거야.'

대장군의 검은 시간과 공간을 뛰어넘어 전쟁의 환상 속에 직접 서 있는 듯한 기분을 느끼게 해준다.

전에는 이 상황 자체에 의식의 이동이 있었을 것으로 생각지 않았었다. 그러나 지금은 어느 정도 알 수 있었다. 저것을 건드린 순간 자신의 의식은 이 몸에 있지 않음을.

'가만.'

민호는 회중시계를 꺼내 시간을 체크해 보았다. 검은 유물을 접한 혹독한 경험 때문인지 거의 9분에 가까운 미래를 볼 수 있었다. 이 짧은 하루 동안 몇 주치의 진보를 이룬 셈.

'해볼까?'

민호는 기도하는 심정으로 대장군의 검에 손을 가져갔다. 길들인다거나 지배하려는 것이 아닌, 순수하게 그것을 몸에 받아들인다는 기분으로.

"문안드립니다, 장군님."

서서히 움직인 민호의 오른손이 검의 손잡이에 닿았다.

「대장군」-검(劍)의 초월 공간.

대열과 무장을 갖춘 병사들 틈에 서 있던 장군은 비장한 표정으로 황룡부를 지켜보았다.

수도까지 진격해 온 것은 이번이 처음이었다. 바로 코앞에 그들의 심장부가 있었다. 이대로 돌격을 명령하면, 빼앗긴 땅을 회복하고, 올술의 목을 취할 수 있다는 자신감도 있었다.

그러나 장군은 돌격하라는 한마디를 내뱉지 못하고 고개를 숙였다. 당장에라도 끝장을 낼 수 있건만, 상부의 지시는 또다시 본국으로의 소환이었다.

『어…… 아직 전쟁 전이네요.』

말 위에 앉아 있던 장군은 갑자기 들려온 얼뜬 음성에 고개를 돌렸다. 주기적으로 이 장소를 기웃거리며 자신이 생전에 시행하지 못했던 전쟁을 구경하다 사라지는 청년이 또다시 나타났다.

『전군 준비! 돌격―!』

중앙의 기마대가 적진을 향해 진격했다. 양측의 보병대열이 뒤따라 움직이는 것을 지켜보던 장군은 청년에게 고개를 돌렸다.

『저들을 상대할 각오가 되어 있는가?』

장군은 평원 저편의 적들을 가리켰다. 선두에서 공세를 펼치는 기병에 대응하기 위해 쇠뇌와 창끝으로 무장한 적병이 나타났다.

『시켜만 주신다면, 열심히 따르겠습니다.』

『그대의 팔과 등은 천 번의 휘두름을 감당할 수 없어.』

『역시. 아프리카에서 죽도록 뛰어다녔더니 다리는 괜찮아졌나 보네요. 만족하실 때까지 어떤 일이든 할게요. 오늘은 쫓아내지 말아 주세요.』

병사의 근육은 일반인의 근육과 다르다. 검을 제대로 쥐고 휘두를 수조차 없는 앳된 젊은이를 전쟁으로 몰아넣는 건, 지휘관으로서는 선택하지 말아야 할 수단이다. 때문에 장군은 전에도 그랬듯 단칼에 거절했다.

『너는 아직 각오가 되어 있지 않다.』

악귀의 형상을 한 적병 하나가 청년의 앞에 불쑥 튀어나와 창끝을 들이밀었다. 그러나 청년은 이전처럼 비명을 지른다거나 움찔 놀라지 않았다. 몸을 피한 청년이 적병의 창을 양손으로 붙잡았다.

『그 각오란 것이 뭔지 아직도 잘 모르겠지만요.』

당당하게 적병을 바라본 청년이 말했다.

『일개 병졸보다 무서운 존재를 마주하고 보니. 이 정도는 별것 아니라는 생각은 드네요.』

청년이 창병을 반대로 내리꽂았다. 순식간에 제압당해 바닥을 나뒹군 창병의 환영이 사라졌다.

『무서운 존재?』

『장군님 시대 사람은 아니에요.』

『흠.』

손바닥을 탁탁 털고 다시 장군의 앞에 선 청년이 말했다.

『장군님의 전쟁을 제가 어떻게 도와야 원을 이뤄드릴지 전혀 모르겠어요. 하지만, 이것 하나만은 약속드릴 수 있습니다. 이른 시일 안에 성장할 수 있다는 것. 저 평범한 사람 아닙니다. 이렇게 장군님과 대화할 수 있는 것부터 다르잖아요.』

『나는 입으로만 떠드는 자는 신뢰하지 않는다.』

『압니다. 장군님이 원하시는 각오. 해내고 말 거예요. 언젠가는 장군님 부하 중에서도 정점에 오를 수 있는 병사가 되고 말 겁니다.』

장군은 청년의 단호한 눈빛과 시선이 마주쳤다.

『그러니 그 전에…… 제가 치러야 할 전쟁에 원군을 와주실 수 없을까요? 믿을 수 있는 과거의 실력자는 장군님뿐입니다.』

청년의 표정은 멸망한 조국에서 의용군을 조직해 항거하던 시절, 자신을 따라 마을을 지키기 위해 목숨을 초개처럼 던진 젊은이들을 닮은 것 같기도 했다.

『네가 지킬 것은 무어지?』

『아버지, 아내, 9개월 뒤 태어날 아들이요.』

가문의 직계 혈통은 반드시 지켜야 할 것 중의 하나다.

『그렇다 해도 너는 내 병사 중 최하위다.』

이 대답에 청년이 어깨를 축 늘어뜨리고 한숨을 지었다. 장군은 말에서 내려 청년의 앞으로 걸어가며 말을 이었다.

『이 훈련으로 죽을 수도 있어. 그래도 따라오겠나?』

『저, 정말요?』

허락이 떨어지자 청년의 표정이 환해졌다.

『감사합니다, 장군님. 당연히 따라갑니…….』

주위의 경치가 순간 병사들이 땀을 흘리고 있는 훈련장으로 바뀌었다.

『……어랍쇼?』

『천 번 휘둘러라.』

『네?』

장군은 땅바닥에 자리한 묵직한 돌이 박혀 있는 도끼를 가리켰다. 말을 이해한 청년이 놀라서 되물었다.

『여기서요?』

『걱정할 필요 없다. 이곳은 내 세상. 네 세상의 규칙은 적용되지 않는 곳이니까.』

「강민호, 대장군」─꿈, 혹은 대장군의 세상.

'이것이 꿈이라면, 나는 평생 경험해 보지 못할 스펙타클한 악몽을 꾸고 있는 거야.'

민호는 이제는 너무 오래되어 가물가물한, 첫 유품에 얽혔던 기억을 떠올려 보았다.

술 빚는 장씨 노인이 깃들어 있던 호리병의 세계 속에서 그를 대신해 한 여인에게 고백해 주었던 꿈.

그때는 단순히 가상현실 게임에 들어가 미션 하나를 깨고 보상을 받았던 기분이었다.

그러나 이곳, 대장군의 훈련 장소는 그것과는 비교할 수가 없었다. 왜냐하면, 고통이 진짜와 똑같이 살벌하게 느껴졌기 때문이다.

돌도끼를 천 번 휘두르는 정도는 시작에 불과했다.

산을 수백 번 오르내리고, 말 위에 올라타 그보다 더 먼 길을 쉼 없이 달리고, 활을 쏘고, 창을 찌르고, 그리고 검을 붙잡아 대장군을 상대하는 것이 모두 훈련 과정의 일부분이었다.

대장군의 검날에 심장을 관통당하는 끔찍한 환영을 경험하고 바닥에 쓰러진 민호는 '끄응' 하고 신음을 흘렸다.

『이것이 전부 하나다.』

다가온 대장군의 말에 민호는 이해를 못 해 되물었다.

『하나라니요?』

『지금까지 해왔던 것을 천 회 반복한다.』

『처, 처, 천 회?』

기진맥진 헉헉거리는 민호에게 날아든 대장군의 음성은 날벼락과도 같았다.

보통의 악몽이라면 이 정도쯤에서 그치게 마련. 그러나 이 꿈에는 정해진 엔딩이 없었다.

『싫으면 돌려보내 주마.』

『아닙니다. 해요, 해!』

'지금이 몇 번째지?'

해는 중천에 떠오른 그대로였다. 한 1㎜나 옮겨 갔을까? 그야말로 여긴 정신과 시간이 멈춘 지옥이었다.

민호는 시간이라는 것이 이토록 상대적인 것임을 체감하며, 실제 물건에 깃들어 영혼 같은 존재로 지내는 것의 고통도 상당하다는 것을 깨달았다.

군마에 올라타 평원을 질주하던 민호는 어느 기점부터 이 기마술 연습 시간만큼은 편안하다는 생각이 들기 시작했다.

―비월한다.

『비월?』

난데없이 들린 음성에 이어, 전진하던 군마 앞에 삽시간에 돌무더기가 나타났다. 소스라치게 놀란 민호가 고삐를 잡아 틀자, 흥분한 말이 앞발굽을 높게 들어 민호를 바닥에 떨쳐 버렸다.

우당탕 흙바닥에 뒹군 민호는 뼈가 부러지는 아픔에 비명을 질렀다. 그러나 흙투성이가 된 몸에 상처는 없었다. 그래서 더 소름이 돋았다.

『아우, 죽겠네.』

순간이동 하듯 눈앞에 나타난 대장군이 냉정히 말했다.

『이 정도로 죽음을 논하긴 이르다. 계속해.』

훈련의 강도는 다른 곳에서도 점점 높아졌다.

돌도끼는 계속해서 무거워졌고, 올라야 할 산은 나중에는 에베레스트처럼 높아졌다.

억겁이라고만 여겼던 시간은 어쨌든 흐르긴 흘렀다.

민호는 전방에 보이는 높은 장애물을 보고 도약 지점을 계산했다. 말을 다루는 건 단순히 고삐를 붙잡고 올라타는 것과는 근본부터 다른 근육을 사용해야 했다.

군마의 발걸음에 리듬을 타고 몸을 같이 흔들다 추진력이 붙은 순간 발목을 툭, 움직였다. 신호를 전달받은 군마가 그림같이 날아올라 돌무더기를 넘었다.

한 호흡이 되어 질주하는 것에 만족한 민호는 멈춰 서자마자 군마의 갈기를 쓰다듬었다.

『옳지, 굿 보이.』

『굿 보이? 무슨 뜻이지?』

옆에서 지켜보고 있던 대장군의 물음에 민호는 멋쩍은 웃음과 함께 대답했다.

『이걸 친구처럼 부르는 타국의 언어입니다.』

『괴상한 단어군.』

검을 들고 훈련장에 서 있는 시간.

민호가 준비를 끝내자 대장군이 가차 없이 공격해 왔다. 저걸 그대로 맞받아치다가 뼈가 나간 것이 세 자릿수가 되다 보니, 이제는 흘려내는 것에 익숙해졌다. 검을 비껴낸 민호가 민첩하게 몸을 숙이며 찔러왔다.

대장군의 다음 대응은 날렵한 속도전이었다.

쉬익, 하는 파공성과 함께 귀 옆을 스친 섬뜩한 대장군의 칼날에 민호는 현실에서는 귀가 잘려 나갔을 것을 확신할 수 있었다. 그러나 이마저도 대략 오십 번은 경험한 까닭에 살을 주고 뼈를 취하는 맞대응에 들어갈 수 있었다.

들이밀었던 검을 그대로 옆으로 그어 대장군의 갑주에 번쩍이는 불꽃을 일으키는 데 성공했다. '저 제법 아닙니까?'라는 민호의 의기양양한 시선에 대장군은 무심한 시선으로 어깨를 들이받았다.

터엉! 하고 갈비뼈가 으스러지는 고통과 함께 바닥을 뒹군 민호는 검을 놓쳤음에도 벌떡 일어나 다가오는 대장군의 공격에 온 신경을 집중했다.

쓰러졌다고 공격을 멈출 것이라 예상했다가 그대로 장화에 짓밟혀 사경을 헤맬 충격을 얻은 것만 다섯 번이었다.

이번에는 대장군의 팔 사이로 주먹을 뻗어, 번개처럼 연속 찌르기 동작을 선보였다.

파바박!

『끄억.』

공격이 명중했으나 비명을 지른 건 민호였다. 갑주 사이로 느껴지는 강철 같은 대장군의 근육은 자신의 주먹보다 훨씬 단단했다.

다시 한 번 발에 채인 민호가 바닥에 철썩 널브러졌다.

『또 죽었어.』

대장군이 민호의 곁으로 걸어왔다.

『마지막에 날 공격한 건, 내가 모르는 기술이었다.』

『아, 이거요? JB가 평소에 쓰던 근접 격투술인데 검이 없다 보니 저도 모르게 나왔나 봐요.』

만신창이가 된 민호는 이 세계에서는 대장군의 손짓 한 번에 다시 일어설 수 있음을 경험했기에 다음 훈련 과정을 기다렸다. 횟수를 세는 건 아마도 백 번쯤에서 이미 그만두었다.

『장군님. 이런 말 묻긴 그렇지만 얼마나 남았는지 아세요?』

『이번이 오백 번째.』

절반이면 많이 한 것이겠거니 생각하고 싶어도, 이 훈련은 하면 할수록 정신적인 고통이 줄어들 생각이 없어 보였다.

『얼른 나머지도 진행하죠.』

민호가 엉거주춤 일어서려 했다. 그러나 대장군은 흘끔 허공의 한 방향을 살피더니 말했다.

『그만. 이 이상 하면 네가 죽어.』

『에이, 이미 수백 번 죽었잖아요.』

『네 육신은 정신의 수양을 전부 담지 못해 한계에 부딪혔다.』

하늘 한쪽에 스크린 영상처럼 큰 구멍이 열리더니, 거실 바닥에 축 늘어져 있는 몸이 나타났다.

『나, 나잖아?』

민호는 대장군의 말이 실제 세상에서 죽는다는 의미임을 깨닫고 신음을 삼켰다.

『저어…… 시험에 떨어진 건가요?』

대장군은 고개를 저었다.

『생각보다는 잘 따라와 줬다. 체력을 회복하면 다시 도전해 보도록.』

『그럼 내일 남은 오백 번만 하면…….』

민호는 이렇게 말하다 고개를 저었다. 이 정신력으로 버틸

수 있는 한계는 아직 오백 번이다. 내일 다시 도전한다면 한 번에 천 번을 전부 수행해야 대장군이 만족하리라.

『돌아가거라.』

『훈련 감사했습니다.』

꾸벅 고개를 숙인 민호는 곧장 세상이 하얗게 변하며 정체를 알 수 없는 공간에서 현실로 돌아가는 것을 확인했다.

「강민호」―현실.

"허억. 허억."

땀에 흠뻑 젖은 채로 거실 바닥에 쓰러져 있는 몸. 민호는 허파로 들이쉬는 공기까지 무거운 느낌에 대장군이 실제 몸에 끼친 영향도 엄청나다는 것을 비로소 확인했다.

온몸의 신경 중에 아프지 않은 곳이 없었다.

반지에서 따뜻한 기운이 피어올라 전신에 퍼져 나가 억지로 상체를 들어 올릴 수 있었다.

'얼마나 정신을 잃었어요, 저?'

JB가 대략 5시간이라고 얘기해 주었다. 길들이기가 끝났느냐는 물음에 민호는 고개를 저었다.

'아직 성공 못 했어요. 이 훈련을 끝내기 전까지 대장군의 원군 요청은 보류 상태고요.'

부엌까지 비틀거리며 걸어간 민호는 냉장고 문을 열고 생수병을 꺼내 호리병에 부었다. 겨우 흔들어 발효액으로 변화시킨 뒤 꿀꺽꿀꺽 넘기자 그제야 숨을 쉴 만해졌다. 그렇게 한참 호흡을 가다듬고 보니 몸에 죽을 고비까지 찾아온 정도는 아닌 듯했다.

'꿈속에서 한 일들. 극심한 운동을 계속하고 난 정도의 후유증을 갖게 되는 걸까?'

붉은 기운이 담긴 유물의 세상에 들어가 그 주인만의 방식으로 직접 소통하는 것.

모든 경험이 처음이었기에 민호로서는 확신할 수가 없었다. 그러나 적어도 정신적으로는 무지하게 단련돼서, 칸과 대면해도 대화 정도는 시도해 볼 수 있지 않나 하는 자신감은 생겨났다.

"으으. 그나저나 내일 밤 또 도전해야 하네."

상상만 해도 끔찍했다.

새벽 2시를 가리키는 시계를 본 민호는 빠르게 피로나 회복해야겠다고 생각하고 호리병을 흔들어 취화정으로 바꿔두었다.

잠시 후.

기진맥진 몸으로 겨우 샤워를 끝내고, 수건만 달랑 걸친 채 걸어 나오던 때였다.

딩동. 탕탕탕.

문밖에서 들린 소리에 민호는 고개를 갸웃했다. 이 시간에 숙소의 문을 두드릴 사람이 흔치 않은 까닭이었다.

"민호 씨. 있어요? 있으면 말 좀 해봐요."

힘없는 발걸음으로 현관문 앞까지 걸어가던 민호는 잠금 장치 번호를 누르는 소리와 함께 문이 벌컥 열리자 멈칫하고 말았다.

"은하 씨."

눈물이 글썽한 얼굴의 서은하가 걸어 들어왔다. 그녀는 초췌한 민호의 안색을 한눈에 확인해 보더니 입술을 꾹 다물었다. 이럴 줄 알았다는 그녀의 눈길에 민호는 당황에 빠져 황급히 변명했다.

"오해 말아요. 운동을 과하게 했더니 이렇게……."

"여기 전부 보인다고요."

울먹거리는 듯한 서은하의 음성에 민호는 변명을 멈췄다. 그리고 그녀의 손에 들린 액자에 시선이 머물렀다. 붉은빛으로 물들어 있는 자신의 사진. 그냥 보는 것일 뿐인데도 자신이 지금 x상당히 아파하고 있다는 정보를 확인할 수 있었다. 설마 저 유품, 다른 감정까지 볼 수 있는 건 아니겠지?

"민호 씨 많이 힘들었잖아요."

"하나하나 설명하기엔 조금 복잡한 사정이지만, 그래도 봐봐요. 저 멀쩡해요."

민호는 오른팔을 들어 힘을 주었다. 알통을 보란 듯이 툭툭 두드리며, 부들부들 떨리는 것을 끝끝내 참아냈다. 그리고 서은하가 놀라지 않게, 최대한 흔들림 없는 목소리로 오늘 겪은 일을 말하려 했다.

"걱정 안 해도 돼요. 아버지도 몸은 무사하시고. 저도……."

말을 채 잇기 전에 서은하가 민호를 끌어안았다.

수건 한 장뿐인 터라 맨살에 보드라운 서은하의 뺨이 닿았다. 순간적으로 밀려든 포근한 그녀의 체온과 많이 놀랐는지 콩닥거리는 그녀의 심장 박동에 민호는 할 말을 잃었다.

무슨 말을 해도 그녀는 불안해한다. 칸에게 사로잡힐지 모를 상황에서도 끝까지 그녀를 안심시켜 주었던 아버지는 이 와중에도 넘을 수 없는 벽처럼 느껴졌다.

"미안해요, 은하 씨."

가만히 등을 두드려 주자 서은하도 서서히 진정하는 기색이 느껴졌다. 한동안 가슴에 기대고 있던 그녀가 나직이 말했다.

"이제 그러지 마요."

"네, 은하 씨."

"그래서 뭘 잘못했는데요?"

'이건…….'

무슨 대답을 해도 '우리 헤어져'로 귀결되는 아주 고난도의 질문에 등을 두드리던 손이 멈칫했다. 회중시계도 없는 상황 속에서 최선의 대답을 고민하던 민호에게 서은하가 조용히 말했다.

"매일 멋지지 않아도 민호 씨가 좋은 건 변함없어요. 그러니까 힘든 일 생기면 같이 나눠요. 이제 더는 민호 씨만 고생하는 거 보기 싫어."

이런 이야기를 서슴없이 하는 그녈 어찌 좋아하지 않을 수 있을까.

'나는 행복합니다.'

흐뭇해진 시선으로 그녀를 보던 민호는 이게 혹시 '서은하 중독 초기증상'은 아닐까 싶었다. 앞으로 중기, 말기까지 평생 그녀에게 빠져 사는 것도 나쁘진 않겠다는 생각이 들었다.

"참. 박 경사님이 말해 줬어요. 서에서 아빠가 엄청 때렸다면서요?"

서은하가 고개를 들어 가만히 민호를 보았다. 낮에는 경황 중에 민호를 보낸 터라 눈가에 맺힌 멍자국을 이제야 보게 됐다.

"잘생긴 민호 씨 얼굴을 이렇게 만들었네."

"우리 딸 잘 모시고 살라는 장인어른의 깊은 뜻입니다."

"피이."

능청스러운 민호의 대답에 서은하도 조금씩 웃기 시작했다.

"한밤중에 여기 온다고 하니까 아빠가 다신 집에 들어올 생각 하지 말래요."

"지, 진짜요?"

흠칫할 수밖에 없는 말. 민호가 남은 눈마저 밤탱이가 되면 어찌하나를 걱정하자 서은하는 고개를 저었다.

"그러면서 연고를 은근슬쩍 챙겨 주는 거 있죠? 아빠 나름의 걱정인 거죠."

"반장님이요?"

믿기지 않는다는 민호의 표정에 서은하는 그의 눈 아래를 살며시 문지르며 아프지 말라고 '호' 하고 불더니 말했다.

"이제 아빠는 괜찮을 거예요. 엄마는 전부터 몰래몰래 민호 씨 마음에 든다고 했고요."

"감사합니다, 장모님."

"엄만 벌써 장모님이에요?"

"당연하죠."

부드럽게 웃은 서은하가 민호의 뺨을 어루만졌다. 민호는 그녀의 따뜻한 손길 위에 자신의 손을 올리고 따라 웃었다. 아까는 굳어 있던 그녀의 기분은 이제 거의 다 풀린 것 같았다.

"저 무사한 거 확인했으니 반장님이 더 화내기 전에 돌아가요, 은하 씨."

"싫어요."

눈썹을 곱게 치켜뜨고 고개를 휘휘 젓는 서은하의 대꾸에 민호는 놀라고 말았다.

"내 남자가 이렇게 아파하는데 어떻게 혼자 있어요."

"어, 음. 은하 씨. 우리가 아직 정확하게 날짜를 잡은 것도 아니고, 나중을 위해서라도 집에…… 흐읍."

서은하가 그대로 입을 맞춰왔다. 민호는 온몸이 녹아내릴 것 같은 황홀함에 시간이 정지된 듯한 기분을 만끽했다. 대장군의 훈련 속에서도 이런 상태였다면 천 번이 아니라, 만 번도 도전할 텐데 말이다.

입술을 뗀 서은하가 뺨이 잔뜩 달아오른 채로 말했다.

"민호 씨가 뭐라 그래도 안 가요, 저."

지쳐 있던 몸 어디에 이런 힘이 남아 있던 건지. 민호는 이제는 돌이킬 수 없다는 생각이 들었다.

"까짓것, 반장님께 또 얻어맞고 말죠, 뭐."

서은하의 끌어안고 있던 팔에 더욱 힘을 주었다. 취화정을 미리 삼키지 않은 것이 천만다행이다.

……서툴렀던 처음과는 전혀 다른 밤이었다.

이마에, 목에, 가슴에 입을 맞춘 민호는 그녀의 아름다운 나신을 내려다보았다.

수백 번을 이야기해도 또 해주고 싶은 말.

"사랑해요, 은하 씨."

그녀는 발그레한 얼굴로 고개를 끄덕였다.

눈을 감은 그녀의 입술에 다시 한 번 키스. 한 겹 남았던 천조각과 옷이 모두 침대 아래로 떨어져 내리고, 민호는 달콤한 그녀를 감싸 안았다.

「서은하」-강남 스타힐스 1012호.

이불 속에서 눈을 뜬 서은하는 고개를 내밀어 방 안을 살폈다. 커튼이 쳐 있어 어두컴컴한 공간에서 벽시계를 찾았다.

오전 8시. 팔베개를 해주고 있는 민호는 아직 곤하게 잠이 든 상태였다. 떠올리기만 해도 볼이 확 붉어지는 간밤의 일 이후, 이제는 남편이라 불러야 할 그의 품에서 들은 이야기는 참으로 신비하고 놀랍기만 했다.

800년 전의 왕이 사용했던 물건. 그것 때문에 이 가문이

겪어야 할 위기. 그 안에는 자신과 배 속의 아이까지 포함되어 있었다.

'아버님은 아마 민호 씨보다 훨씬 많은 일을 겪으셨겠지?'

중년이 된 민호도 시아버님처럼 멋있어질 것이란 생각이 들자 절로 행복해지는 서은하였다. 아주 잠깐 마주쳤지만 따뜻하고 사려 깊은 마음이 그대로 느껴졌었다.

민호의 가슴을 꼭 끌어안은 서은하는 생각했다.

당장 자신은 저 액자를 몸에서 떼어 놓으면 안 되는 처지에, 민호는 죽을지도 모를 훈련을 계속해야 하는 상황.

앞으로의 행복을 위해서, 자신은 이 문제가 잘 해결되길 간절히 비는 수밖에 없었다.

'내조해야지. 옆에서 계속.'

아침이라도 미리 차려줘야겠다는 생각에 서은하는 잠옷 바람으로 일어났다.

"으음. 벌써 깼어요, 은하 씨?"

자신이 침대를 떠나자 허전함에 꿈틀거리는 민호의 뺨에 가볍게 입을 맞췄다.

"좀 더 자요."

"사, 삼십 분만……."

웅얼거리는 민호에게 이불을 끌어올려 주며 서은하는 미소를 머금었다.

거실로 걸어 나온 서은하의 시선에 진열장이 눈에 들어왔다. 의식하지 않으려 해도 붉은 기운이 번뜩이는 검의 위용 앞에 저절로 시선이 머물 수밖에 없었다.

붉은색. 저건 건드려선 안 된다는 경고였다. 주황색의 빛도 아직은 건드리지 말라는 주의도 들었다.

'아가야, 잘 봐줘.'

아직 부어오르지도 않은 배에 손을 올리고 이렇게 말한 서은하는 그 옆에 쭉 늘어선 유품들을 하나하나 살펴보았다.

민호가 시도 때도 없이 보던 회중시계, 마캄바 수용소에서 말도 안 되는 동작을 하게 만들었던 반지, 동전, 안경과 붓, 청진기에 손거울, 카세트테이프에 키보드……. 모두가 과거를 살았던 누군가의 의지가 깃들어 있는 물건들이었다.

그동안 그렇게 들고 다닌 걸 보아왔으면서 전혀 알아채지 못했었다.

"우리 민호 씨를 도와줘서 고마워요. 앞으로도 여러모로 잘 부탁해요."

물건을 향해 상냥하게 인사한 서은하는 얼마 전만 해도 상상도 못 했던 짓을 아무렇지 않게 하고 있는 자신의 모습에 피식하는 웃음이 나왔다.

부엌으로 이동해 계란프라이를 만들고 채소를 꺼내 샐러드를 위한 손질을 하는 사이, 민호가 깨우지도 않았는데 방에서 나왔다.

"음~ 고소한 냄새."

"잘 잤어요?"

"네. 은하 씨는요?"

"저도요."

매우 일상적인 대화. 그러나 그랬기에 서은하는 뭉클한 기분이 느껴졌다. 앞으로 오늘 같은 아침을 얼마나 맞이할 수 있을지는 모르지만, 민호와 함께라면 어디에 있든지 행복할 것 같다는 기대감이 들었다. 단 한 번도 자신을 실망하게 한 적 없는 민호니까.

탁자에 앉은 민호는 계속해서 자기 쪽을 주시하는 서은하의 눈길에 멋쩍은 웃음을 지었다.

"왜 그렇게 봐요? 저 얼굴에 자국이라도 났어요?"

"아니요."

채소가 담긴 보울을 내려놓고 민호에게 쪼르르 달려간 서은하가 그의 무릎 위에 걸터앉았다. 도발적으로 민호의 목에 양팔을 건 그녀.

"으, 은하 씨?"

키스하려는 듯 그녀가 먼저 쓱 다가오자 민호는 좋으면서도 당황한 얼굴이 됐다. 밝고 투명한 그녀의 시선이 민호의 눈동자를 대담하게 파고들었다.

"잠옷 말고 앞치마만 걸치고 있을 걸 그랬죠?"

"아…… 음……. 노코멘트 하겠습니다."

"언젠간 해줄게요."

"네?"

서은하는 쪽 하고 민호의 이마에 입을 맞춘 뒤에, 식탁에 올려둔 드레싱 소스를 집어 들고 다시 싱크대 앞으로 향했다.

아침부터 아찔한 흥분이 밀려와 그것을 가라앉히기 위해 고개를 휘젓던 민호는 휴대폰을 들고 문자를 확인하기 시작했다.

"고 과장님의 동생분들이 계속 아버지를 따라 다니는데, 어젯밤에 호텔에 들어가셨다가 아직 안 나오셨다네요. 스위트룸에서 지내신다고."

"뭔가 되게 평화로운 광경이 상상되는걸요?"

"아직 세상 구경에 정신없어 보이는 눈치였어요. 그래도 본색을 드러내는 건 주의해야 해요. 은하 씨, 그 액자 꼭 잊지 말고 들고 다녀요."

"네에, 민호 씨."

민호는 다른 문자를 확인하다 서은하에게 물었다.

"은하 씨, 모레 오전에 화보 촬영 스케줄이 있는데 이거 어떻게 하면 좋겠어요?"

"화보?"

서은하는 그녀의 배를 흘끔 보고 웃었다.

"이게 조금 있으면 남산만 해질 텐데 부끄럽게."

뭔가 아쉬워하면서도 결심을 한듯한 그녀가 바로 대답했다.

"저는 안 해도 상관없어요. 아버님 문제 잘 해결할 수 있는 선에서 행동해야죠."

민호는 엄마가 된 서은하도 예쁠 것이라 확신하지만, 결혼전, 처녀 때의 모습을 사진에 담아둘 기회가 앞으로 거의 없을 거란 생각에 말했다.

"공 매니저님 말이 스케줄 짧게 끝마쳐 준다니까 생각 있으면 같이 해요."

서은하는 섞기를 끝낸 샐러드를 식탁에 올려놓으며 말했다.

"저 이제 민호 씨에게 시집가야 하는데, 이게 미란다 송 디자이너님 컬렉션에 도움이 될까요?"

"그건 하나만 알고 둘은 모르는 말씀입니다."

민호는 절대적인 확신을 갖은 표정이 됐다.

"그 기자회견에서 은하 씨가 저한테 확 고백해 버린 거 남자는 몰라도 여자는 전부 좋아해요. 멋지다고. 닮고 싶은 언니라고."

"피, 정말 그럴까. 민호 씨를 뺏어간 건데."

"진짜라니까요. 어제도 사인해 달라면서 은하 씨 안부를 묻던걸요?"

샐러드 한 조각을 손끝으로 집어 맛을 본 민호가 엄지를 척 들었다. 이것을 본 서은하가 '감사합니다'라고 드레싱 소스가 담긴 병에 고개를 숙였다.

"화보는 승낙한다고 전해 둘게요."

공 매니저에게 답문을 보내던 민호가 손가락을 탁 튕겼다.

"간 김에 결혼기념 화보도 찍어 달라고 할까요? 여기 사진 작가 분들 전부 최고잖아요."

"어머, 우리 결혼 날짜도 안 잡았어요."

"봄이 오기 전에 꼭 해야죠. 그래도 8달 정도면 속도위반 아니라고 우리 애한테 나중에 우길 수 있지 않을까요?"

"치밀하네요, 민호 씨."

"하하."

서은하는 접시에 계란프라이와 소시지를 담아 민호의 앞에 올렸다.

"자요. 차린 건 없지만……."

"잘 먹겠습니다, 마님~"

"마님?"

"이제 우리도 편한 호칭 같은 걸 정해야 할 시기 같아요. 여

보라든지, 자기라든지. 글로벌하게 허니라든지. 뭐가 좋아요?"

서은하가 듣기만 해도 간지럽다는 듯 양쪽 눈을 찡긋 감고 "전부 어색해요"라고 고개를 흔들었다.

"그건 뭐…… 저도 은하 씨라는 말이 익숙해서 그런지 입에 착, 안 달라붙는 느낌이긴 해요."

"저는 민호 씨를 뭐라고 불러요?"

"아, 제가 요즘 옛날 분들이랑 어울려서 그런지 몰라도, 이런 호칭이 막 떠오르네요. 한번 해줄 수 있어요?"

민호가 귓속말로 소곤거렸다. 서은하는 눈을 동그랗게 뜨고 말했다.

"낭군님?"

"캬, 좋다. 담백하네요. 전 이걸로 확정. 은하 씨도 제가 뭐로 불러주면 좋을지 생각해 둬요."

"민호 씨……."

「임민기」—유명산 37번 국도.

'82 퀵배달'이란 마크가 붙은 라이딩 슈트를 차려입은 임민기는 초고속 투어용 바이크를 도로 한쪽에 멈춰 세우며 100m 전방에 정차 중인 레트로 바이크에 시선을 던졌다.

"창순 형님. 이 사람 진짜 위험한 거 맞긴 맞습니까?"

-왜?

헬멧에 장착된 '세나'라는 블루투스 무선 통신장비를 통해 흘러나온 고창순의 반문에 임민기는 그렇지 않느냐는 듯 대답했다.

"달리다 말고 난데없이 경치 구경을 하잖아요."

-그리고?

"오전에 미행했던 후배 말은 고급 호텔이며 고급 음식점이며 관광하듯 돌아다녔다네요. 외국에 살다 한국 처음 왔대요?"

-그건 아닌데, 외국을 많이 가긴 하셨지. 다른 이상한 행동은 안 해?

"전혀요. 심각하게 부탁하시기에 무슨 중국 갱단이나 간첩인 줄 알았네."

절친한 형님의 요청으로 미행을 시작한 지 이틀째였으나 대상은 특별할 것이 전혀 없었다.

-유명산이면 꽤 외곽으로 나갔겠어. 미안하게 됐다.

"뭐, 오랜만에 라이딩 코스 달려보고. 저야 나들이 수준이니까 부담 없습니다."

바이크밖에 모르던 날라리였다가 퀵 배달 업체를 차리기까지. 우여곡절이 많았던 만큼 웬만한 일에는 눈 하나 깜짝

안 하는 임민기였기에 이런 식의 미행은 심심할 정도였다.

─가까이 다가가진 마. 괜히 이 일 돕다가 너 다치면 안 되니까.

"걱정도 많으십니다. 뭔 일 생기면 연락드릴게요. 어, 출발한다. 끊습니다."

─고마워, 민기야.

임민기는 세나의 버튼을 눌러 전화를 끈 뒤, 다시 사내의 뒤를 따랐다.

미행 대상은 얼마 후 라이딩 명소로 알려진 유명산의 고갯길에 접어들었다.

'테크닉은 나쁘지 않아 보이는데 말이야.'

하품 나올 정도로 유유자적 돌아다니는 것에 비하면 라이딩 실력은 그 이상이었다. 각이 좁은 코너를 초저속으로 타이트하게 선회하는 것이야말로 실력을 판가름하는 척도니까.

'뭐가 위험하다는 건지는 모르겠다만, 바이크 커스텀은 한번 물어보고 싶네.'

최소 십오 년은 지났을 모델이라고 볼 수 없는 추진력. 저 레트로 바이크의 내부가 딴딴하게 길들어져 있다는 것은 들리는 엔진소리로 충분히 파악 가능했다.

바이크 매니아라면 모르는 사람이 없는 코스를 달리는 것도 그렇고. 이런 상황이 아니었다면 대뜸 옆에 붙어서 바이크 얘기부터 나눠봤을 상대였다.

'좀만 가까이 붙어 볼까?'

그렇게 이런저런 생각과 함께 느릿느릿 유명산의 고개를 오르던 때였다.

부아아아아—!

임민기는 후방에서 들려오는 시끄러운 배기음에 사이드미러에 흘끔 시선을 던졌다.

LED 전구를 덕지덕지 붙여 번잡해 보이는 커스텀을 한 오프로드용 바이크 다섯 대가 쏜살같이 고갯길을 오르고 있었다. 리더로 보이는 선두의 바이크는 여자까지 텐덤하고 있는 것이, 척 봐도 광란의 질주를 일삼는 젊은 폭주족 무리였다.

똥은 더러워서 피하는 것.

임민기는 비상 깜빡이를 켜고, 한쪽으로 길을 비켜 주었다. 그가 몰고 있는 바이크 자체가 고가의 명품이었기에 지나가던 리더가 고개를 돌리고 휘파람을 불며 쳐다보았다. 자신처럼 완벽히 세팅하고 돌아다니는 라이더는 저들도 쉽게 건드리진 않는다.

'쯧쯧. 조심히 다녀 이놈들아.'

쌩하니 스쳐 지나가는 녀석들의 속도는 비좁은 오르막임을 고려해도 너무 빨랐다. 그렇게 지나간 다섯 대는 곧, 전방에 100m에서 달리는 미행 상대 옆까지 접근했다.

"어?"

당연히 지나쳐 버릴 줄 알았다. 그러나 달리고 있는 바이크가 매우 오래된 것임을 본 폭주족들이 순간적으로 속도를 팍 줄이더니 경적을 빵빵 울리며 시끄럽게 상대의 주행을 방해하기 시작했다.

강자에겐 약하고, 약자에겐 한없이 건방진 행태. 온순해 보이는 미행 대상의 인상 탓인지 더더욱 겁이 없었다.

미행 대상의 바이크를 한가운데 두고 밀집 대형으로 정신 못 차리게 만드는 수법을 보아하니, 저런 식의 괴롭힘을 상당히 해본 솜씨였다.

'저것들을 콱 그냥. 누구 밑에 있는 새퀴들이야?'

그 순간.

열불이 나서 왕년의 성질 한번 부려볼까 고민하던 임민기의 시야로 믿을 수 없는 일이 벌어졌다. 미행 대상이 바이크를 달리던 그 상태 그대로 왼팔을 쭉 뻗어버린 것이다.

터엉!

옆에서 깔짝거리던 오프로드 바이크에 탑승한 폭주족이 그대로 얻어맞고 도로 왼편의 배수로로 날아가 버렸다.

실로 무지막지한 괴력.

"뭐…… 뭐야?"

「칸」-유명산 고갯길.

칸은 푸른 산길 위에서 오랜만에 초원을 달리는 기분을 만 끽하고 있었다. 그러다…….

"어이, 아자씨. 하이바 안 써? 그러다 대갈통 아스팔트에 갈려."

킥킥거리며 바이크를 몰고 있는 상대의 음성에 산등성이 를 향해 있던 칸의 시선이 돌아갔다.

여인을 등에 붙이고 달리는 중인 호리호리한 체격의 상대. 머리에 쓴 투구의 마개를 열더니 "하이~"하고 손을 흔들고 는 동료에게 눈짓했다. 다섯 개의 바이크가 어느새 주위를 에워쌌다.

칸과 바이크를 훑어본 상대는 얼굴 한껏 비웃음을 지었다.

"아따, 느려터진 고물이 주제도 모르고 길을 막아."

"자갸. 이 구닥다리 나만 불편해?"

젊은 혈기를 주체 못하고 날뛰는 놈들은 세대를 불문하고 존재해 온 모양이었다. 정신 사납게 자신의 주위를 오가며 부딪힐 듯이 위협해 오는 그들을 지켜보던 칸은 무심한 한마 디를 내뱉었다.

"치워."

"뭐?"

여자를 달고 있는 상대가 옆으로 바짝 붙으며 코웃음을 쳤다.

"아저씨. 우리 이쁜이가 불편하다……."

두 번의 지시는 없다. 칸은 당연하게도 그대로 왼팔을 뻗었다.

터엉!

떠들던 상대는 얻어맞은 직후 허공을 날아 배수로에 처박혔다.

"까아아악!"

뒷좌석에 앉아 있던 여인은 방금까지 앞에 있었던 남자친구가 휙 사라져 버리자 화들짝 놀라 운전대를 붙잡았다. 엑셀을 당기지 않은 까닭에 점점 느려져 뒤로 처졌다.

"이 새끼가 뭐한 거야!"

시끄럽게 굴던 한 놈을 쳐내자 다른 놈이 기겁해서 소리를 질렀다.

부족 무리의 한 전사를 공격한 이상, 다른 놈들도 적이 된 건 마찬가지. 칸은 오른팔을 쭉 뻗어 가까운 상대도 그대로 날려 버렸다. 주인을 잃은 바이크가 균형을 잃고 옆으로 쓰러졌다.

"시발!"

"야, 쳐!"

앞서가던 두 놈이 놀라서 바이크 뒤에 싣고 다니던 흉기를 손에 들었다. 알루미늄 배트와 체인을 들고 칸을 쏘아보는 그들. 뒤쪽의 한 놈은 거친 바이크 울음소리를 내며 앞바퀴를 쳐들고 위협운전을 해왔다.

칸은 거울로 흘끔 뒤를 보았다.

'앞발찍기?'

말의 발굽으로 상대를 짓밟는 기술. 이 시대의 탈것에도 기마와 비슷한 잔재주가 있는 것 같았다.

그앙, 그아앙—!

검은 타이어가 당장에라도 등을 갈아 버릴 것처럼 근접했다. 앞쪽에서 무기를 꺼내 든 두 놈도 양옆으로 다가왔다.

"시발, 죽여!"

"밀어버려!"

사방의 위협에도 칸은 그다지 당황하지 않았다. 초원의 왕이기 이전에 마상술의 대가였던 자신에게 달리는 도중에 벌어지는 전투란 건 일상적인 일이다. 오히려 이 시대의 기마 위에서 싸운다는 것 자체가 매우 흥미를 당겼다.

칸은 바이크 옆에 걸어 둔 만곡도를 뽑았다. 칼을 고정해 두었던 매듭을 풀어 핸들에 가볍게 걸고 벌떡 일어섰다.

"이, 이 새끼 서서 타잖아?"

체인을 흔들어 위협해오던 한 놈이 이 동작에 경악했다.

핸들에 걸린 끈을 고삐처럼 왼손으로 붙잡은 채, 칸은 만곡도를 뒤쪽으로 힘있게 그었다.

카가강!

바퀴 프레임이 두부마냥 찌그러졌다. 그리고 균형을 잃은 녀석이 도로 위에 나뒹굴었다.

"칼?"

"미친……."

양쪽 녀석들은 칸의 손에 쥐어진 무기에 소스라치게 놀랐다. 저것은 알루미늄 베트와 체인 따윈 비교도 할 수 없는 진짜배기였다.

부아아앙—!

불과 수초 전만 해도 여러 대였던 도로 위의 바이크는 이제 단 세 대만 남아 엔진소리를 냈다.

칸은 대응은 여기서 멈추지 않았다. 고삐를 잡아채듯 핸들을 왼쪽으로 꺾으며 접근한 한 놈에게 발끝을 찍었다.

"커억!"

머리에 착용한 투구 한쪽이 움푹 들어갔다. 얻어맞은 녀석이 도로변에 나자빠지고, 화들짝 놀란 반대편 녀석이 속도를 올려 앞으로 달려 나갔다.

"이 새끼 상 또라이였어!"

칸은 만곡도를 허리에 장착하고 도로 바이크에 앉아 빠르게 몸의 중심을 뒤편으로 옮겼다. 기마로 치자면 엉덩이 쪽. 팔 근육에 힘을 잔뜩 주자 바이크 앞부분이 번쩍 들렸다.

'생각보다 쉽군.'

바이크가 순간 가속했다가 그대로 앞으로 움직이던 녀석의 뒤꽁무니를 찍었다. 뒷바퀴를 칸의 앞바퀴에 찍혀 버린 녀석이 균형을 잃고 슬립했다.

그그그그─!

쇠가 갈리는 소리와 함께 도로를 미끄러지는 바이크에서 불꽃이 튀었다.

칸은 앞발찍기를 성공적으로 끝낸 바이크를 바로 하고, 데굴데굴 구르는 중인 녀석 앞에 정지했다.

바이크에서 내린 칸이 녀석의 멱살을 붙잡아 한 손으로 들어 올렸다.

"너."

투구의 투명한 덮개를 위로 올리자 고작 스물로 보이는 애송이가 오금이 저린 얼굴로 달달 떨기 시작했다.

"사, 살려 주세요……."

그야말로 미친 아저씨. 물리법칙과 상식을 무시했던 방금의 움직임은 직접 당했음에도 꿈이 아닌가 싶을 정도였다.

"너희는 졌다."

서슬 퍼런 칸의 음성에 애송이는 당연하다는 듯 목이 부러져라 고개를 위아래로 끄덕였다.

"졌으면 대가를 치러야지."

이 말에 애송이는 얼굴이 새하얗게 질렸다.

"잘못했습니다!"

동료들을 몇 초 만에 제압해 버린 괴물의 손에 대롱대롱 매달린 애송이는 발끝에 닿은 허전함에 공포에 휩싸였다. 자기가 무겁지도 않은지, 멱살을 잡은 상대의 팔뚝에 떨림조차 없었다.

금방이라도 오줌을 지릴 것 같은 표정의 애송이를 보며 칸은 고개를 갸웃했다. 용맹하게 도전했으면서 태세 전환이 이렇게 빠르다니. 이 지역의 전사들은 상태가 영 아니었다. 본래였다면 패배한 상대를 복속시켜 전리품을 취하고 노예로 삼아야 했으나, 이들은 그럴 가치조차 없었다.

멱살을 놓자 애송이가 바닥에 엎드려 그대로 머리를 숙였다.

"아저씨! 다신 안 깝칠게요. 제발 목숨만은……."

칸은 흥미가 팍 식었다. 관심을 끊고 출발하기 전에 아까 미처 못 물어본 사실이 떠올랐다. 애송이의 앞에 쭈그려 앉은 칸은 상대의 둥그스름한 투구를 칼날로 퉁퉁 두드리며 물었다.

"이걸 쓰는 게 이 지역만의 규칙인가?"

"아닙니다. 절대 아닙니다."

"전쟁을 치르는 것도 아닌데 이렇듯 크고 둔탁한 투구는 뭐하러 착용해?"

투구는 그러고 보니 자신이 타고 온 바이크의 뒤편에도 매달려 있었다.

"헤, 헬멧 말씀하시는 겁니까?"

"그래. 그것."

"사고 나면 머리 보호해야죠."

"사고?"

칸은 이해할 수 없다는 표정이 됐다.

"이 시대의 전사들은 제대로 된 낙마술도 못 한단 말인가?"

"나, 낙마술이요?"

사색이 된 와중에도 애송이는 상대의 말투와 행동에서 범접할 수 없는 포스가 느껴져 등줄기에서 식은땀이 흘러내렸다.

폭주족 생활 10개월째. 아무리 도로의 무법자로 정신 나간 짓을 일삼아온 처지라지만, 눈앞의 아저씨는 그 급이 전혀 달랐다.

"간단해. 달리다 떨어질 때 몸을 돌려 두 발로 착지하는 거다."

"그건……."

말문이 막혀 버린 애송이. 달리다 떨어지면 뒤진다는 사실을 모르고서 하는 말은 아닐 터. 뒤에 매달고 다니다 집어 던질 수도 있겠다는 생각에 일단은 살아야겠다는 욕구가 번쩍 들었다. 애송이는 두 손을 들어 싹싹 빌기 시작했다.

"아저씨를 열 받게 만든 거 정말 정말 죄송합니다."

칸은 피식 웃고 말았다. 이 애송이, 자신이 화가 나서 이렇게 대했다고 생각하고 있었다. 한낱 여흥 거리가 재롱을 떨었을 뿐, 자신의 기분을 좌지우지하는 건 있을 수 없는 일이다.

"쯧. 잠깐의 여흥도 주지 못하는군."

똑같이 바이크를 타고 있다는 동질감이라도 찾아보려 해 봤으나 저들과 자신의 격은 너무도 달랐다. 개미를 손가락으로 눌러 죽이는 건 800년 전에도 그리 즐기지 않았었다.

재미없는 녀석들과 더는 어울릴 생각이 없기에 일어서는데, 귀기가 서려 있는 날의 음산함에 식은땀을 뻘뻘 흘려대던 애송이가 기절해 버렸다.

"이런 놈들로만 기마부대를 꾸리면 첫 전장에서 전멸하겠어."

칸은 고개를 흔들고 그의 바이크로 돌아갔다. 그리고 뒤에 매달려 있는 헬멧이라 불리는 물건을 손에 쥐었다. 화살이나 강철로부터 보호를 받을 수 있는 용도는 결코 아니었다.

요리조리 살펴보아도 갑갑하고 쓸데없어 보였기에 도로 내려놓는데 뒤쪽에서 누군가 걸어오는 소리가 들려왔다.

"시발, 뭐야!"

최초에 떨어져 나갔던 저 무리의 대장처럼 보이던 애송이가 팔을 붙잡고, 다리를 절며 다가오고 있었다.

"흥수야! 이런 니미럴!"

기절한 애송이를 본 대장 애송이의 눈이 휘둥그레졌다.

칸은 주행을 위해 운전대에 걸어놓은 매듭을 풀어, 만곡도를 도로 바이크 옆에 묶었다. 그리고 천천히 자신을 주시 중인 대장 애송이에게 시선을 돌렸다.

대장 애송이가 멈칫했다.

"너희의 바이크가 내는 울음소리는 무척 조잡해. 앞으로 내 귀에 들리지 않게 해."

얼어붙은 채로 '시발'만 연거푸 중얼거리던 대장 애송이는 이 말에 90도로 허리를 굽혔다.

"죄송합니다, 형님."

"형님? 내가?"

초원의 부족들은 함부로 형제의 연을 맺지 않는다.

"이 지역 전사들은 아무리 봐도 정신이 나갔어. 내 형제는 모두 위대했다. 너희는 그렇지 않아."

누가 누구에게 정신이 나간 건지를 따지는 건지 모르겠으나 대장 애송이는 폭주족의 본분을 잊고 그저 공손하게 머리를 조아렸다.

"서, 선생님! 다신 깝치지 않겠습니다."

"치워."

처음에 던진 말의 의미를 이제야 절실히 깨달은 대장 애송이는 그 즉시 기절한 동료를 붙잡고 칸의 시야가 닿지 않는 곳으로 얼른 피신했다.

바이크에 올라탄 칸이 출발하려던 때였다.

상당히 균형 잡힌 울음소리를 내며 도로를 질주하던 바이크가 근처까지 다가왔다.

"세상에."

속도를 줄인 상대는 헬멧의 뚜껑을 위로 올린 채 주위를 바라보며 눈이 커졌다.

"이게 무슨 난리야. 이 질 나쁜 새끼들이 제대로 참교육을 당했네."

칸은 이 음성에 상대에게 고개를 돌렸다.

방금 쓰러트린 다섯 대의 얇은 바이크와는 생김새가 다른, 육중한 몸매의 바이크를 끌고 온 상대. 이상한 것은, 조잡하

게 반짝거리던 다섯 대의 바이크와는 다르게 전체적으로 은
은한 광택 같은 빛이 난다는 것이었다.

'특이하군.'

상대도 자신을 보며 입을 다물지 못하고 있었다. 눈이 마
주쳤기에 칸이 상대를 불렀다.

"적의 기수."

붉은 옷을 입고 있었기에 이렇게 불렀으나 상대는 이해
하지 못한 듯했다.

"이봐. 거기."

"네?"

"그 바이크는 뭐지? 몸체가 신기하게 빛나는군."

"빛이라니요? LED 세팅 전혀 안 한 순정인데."

무슨 의미가 있는 말인지 알 수 없는 대답. 이 몸에 담긴
지식을 간단히 꺼내 쓰는 것에 적응하다 보니, 지금처럼 아
예 떠오르지 않을 때는 답답함이 느껴졌다. 초원을 달렸을
때의 기억은 그대로인 것을 보면, 새로운 몸을 갖는 것에 대
한 부작용인 것 같았다.

칸은 은은한 빛이 어린 상대의 바이크에 시선을 던졌다.
저것도 마찬가지였다. 계속해서 무언가를 떠올리려 했으나
이런 상황에 맞는 기억은 전혀 없었다.

"바이크의 이름은?"

"하야부사잖아요. T100을 그렇게 커스텀하신 분이 이걸 모릅니까?"

"잘 달리게 생겼군. 살펴봐도 되나?"

잠깐 고민하던 적의 기수가 고개를 끄덕였다.

칸은 대형 바이크에 살짝 손을 댔다. 찌릿한 느낌과 함께 분명히 보였던 은은한 빛이 사라지고, 수없이 많은 이 시대의 바이크 운용 지식이 한꺼번에 밀려들었다.

'이건······.'

놀랄 만한 일이었다.

타이어, 접지, 스티어링과 관련된 방향전환에 관한 기술. 기마와는 또 다른 개념이 매우 흥미 있게 다가왔다.

그러다 앞바퀴를 들어 올리는 테크닉은 전용 바이크가 아니면 차체에 부담이 간다는 사실에 자신의 기마에 고개를 돌렸다.

'내 너를 무리하게 다뤘구나.'

손을 떼고 물러선 칸은 알쏭달쏭함을 느꼈다. 지금 떠오른 이 지식이 과거에 이 몸의 주인이 익혔던 것이라면 왜 이것을 건드리기 전엔 떠오르지 않은 건지.

'이것도 적응과 학습이 필요한 문제라는 건가?'

흥밋거리가 생겼다는 건 좋은 징조다.

「임민기」-유명산 고갯길 정상.

바이크에서 내린 임민기는 한쪽에 우르르 모여 미행 대상의 눈치만 보고 있는 폭주족 무리 쪽으로 걸어갔다.

"야, 너희 홍태 밑에 있는 놈들이지?"

몸 곳곳을 다쳐 끙끙거리고 있는 놈들은 상위조직의 대장을 언급하자 자신을 보며 움찔했다.

"동네바리도 적당히 해야지. 에휴. 이렇게 공기 좋고 경치 좋은 도로는 평범한 라이더에게 넘겨."

'댁은 뉘신데?'라는 눈길에 임민기는 휴대폰을 들어 곧바로 홍태에게 연락했다. 그리고 스피커 버튼을 눌렀다.

"어, 홍태냐? 나다."

─민기 형님? 이게 얼마 만입니까?

"안부는 됐고, 유명산 쪽에서 설치고 다니는 네 밑에 애들에게 한마디만 해줘."

─누군데요?

"이름은 모르겠고. 야, 거기. 너 이름 뭐야?"

"시, 신진철이요."

─진철아. 그 형님 잘 모셔라. 인천최강연합 만든 분이다.

햇병아리 폭주족들은 당황에 빠졌다.

국내 3대 폭주족 클럽 중 하나였던 과거의 중2병스러운 조직 이름을 언급하는 홍태에게 임민기는 헛기침을 했다.

신진철이 바짝 다가와 물었다.

"저 미친 아저씨를 아세요?"

"그래, 인마. 그니까 건드리지 마."

"어쩐지. 포스가 장난 아니었어."

폭주족 사이에서 오가는 뜬소문 중에는 전설 같은 일화도 있다. 경찰 100명의 추격을 따돌렸다든지, 시속 300㎞의 다운 힐로 프로 레이서를 이겼다든지. 방금 저 아저씨가 보여 준 것도 나중에는 전설로 남을 법한 일이었다.

"잘 모시겠습니다!"

"아까 한 말 못 들었어? 그냥 이 코스 달리지 말라고."

소리친 녀석의 헬멧을 꾸짖듯 툭 때린 임민기는 쓰러진 바이크를 일으켜 이리저리 살피고 말을 이었다.

"서스펜션 조금 나갔는데 움직일 만하겠네. 저 뒤에 골골거리는 애들 데리고 썩 꺼져. 오다 보니까 누구 애인인지는 몰라도 무릎 까져서 엉엉 울고 있더라."

"이쁜아!"

신진철이 발을 절며 뒤쪽으로 달려가기 시작했다.

임민기는 폭주족을 간단히 정리하고 나서 미행 대상 쪽으로 시선을 돌렸다.

바이크 구경을 끝낸 미행 대상이 다가왔다.

"적의 기수는 연륜과 경험이 충분해 보이는군."

"왜 자꾸 그렇게 부르십니까? 전 임민기입니다."

"나는 칸."

"네?"

임민기는 귀를 의심했다. 칸이라니. 이름이 무슨…….

"한국분 아니세요?"

"임 기수와는 바이크에 대해 잘 통할 것 같아."

뜬구름 잡는 소리를 하는 칸을 보며 임민기는 끙 하는 한숨과 함께 물었다.

"뭐하시는 분입니까? 저는 보시다시피."

'82 퀵배달'이란 마크를 보인 임민기에게 칸은 옆구리에 차고 있던 만곡도를 가리켰다.

"유랑 중인 객지인."

"역시 관광객이 맞았어."

하야부사라는 바이크와 임민기를 번갈아 바라보던 칸은 부하로서 그가 탐이 나기 시작했다. 과거였다면 흑표범가죽 몇 장 집어 주고 수하로 삼았을 테지만, 아직 이 세상에서 잘 먹히는 선물이 무엇인지는 잘 몰랐다.

"괜찮다면 나와 함께 모닥불을 쬐겠나?"

"무슨 말이죠?"

"아, 너희의 관점으론 식사 초대가 되겠군."

고민하던 임민기는 에라 모르겠다 승낙했다. 이런 사태가 벌어졌는데 멀리서만 미행한다는 건 성미에 맞지 않았다.

"라이더끼리 나쁠 건 없죠. 아까 한 발로 서서 운전하던 것도 물어보고 싶으니까. 소싯적에 곡예운전 좀 해보신 것 같던데."

"라이더? 그게 무슨 뜻이지?"

"수백만 원짜리 라이딩 재킷 입고 계시면서. 일단 이 산 밑에 비빔국수 죽여주는 집 있으니 거기로 갑시다."

임민기가 시동을 걸었다. 칸도 바이크에 올라탔다.

두 대의 바이크는 한적한 고갯길을 넘어 순식간에 사라졌다.

102.
다크 렐릭 라이즈 (4)

「강민호」─강남 스타힐스 1012호.

"……그런 일이 있었다고요?"

거실 소파에 앉아 전화를 받고 있던 민호가 놀란 표정을 짓자 옆에 기대어 있던 서은하도 덩달아 눈이 동그래졌다.

"네, 고 과장님. 내일 이반 교수님을 만나고 나면 방법을 찾아서 바로 방문할게요."

통화를 끝낸 민호가 서은하에게 고개를 돌렸다.

"칸이 말이에요……."

문화와 관점이 다른 정도를 벗어나, 움직임까지 보통 사람과는 다르다는 사실을 전해 들은 서은하의 얼굴에 불안한 기색이 비쳤다.

"아버님 몸은 괜찮으실까요?"

"그러고 나서 막걸리를 마시고 있다나 봐요. 마유주 색과 비슷하다면서."

민호는 진열장에 올려둔 대장군의 검에 시선을 돌렸다.

첫날 500회. 어젯밤에 700회. 대장군의 훈련 과정을 감당해 본 경험으로 미루어 보면 오늘은 가능성이 컸다.

"이럴 게 아니라 바로 시작해야겠어요."

주섬주섬 편안한 복장으로 갈아입는 민호를 지켜보던 서은하는 탄력 있는 그의 등 근육을 보고 뺨이 살짝 붉어졌다.

"그러고 보니 민호 씨 몸, 어제보다 더 단단해진 느낌이에요."

"그래요?"

민호가 몸을 돌리자 식스팩도 고스란히 드러났다. 민호는 복근을 두드리며 중얼거렸다.

"그릇이 바뀌고 있다는 건가."

"그릇이요?"

"대장군의 능력을 사용하려면 갖춰야 할 최소 기준이 되어가고 있는 것 같아요."

"신기하네요."

그 공간 속의 훈련으로 실제로 상당한 몸의 진보를 이룬 것 같았다. 원리는 전혀 알 수 없지만, 대장군의 허락이 떨어지는 순간 칸과 대적할 수 있는 상태가 될 것이란 자신감도 붙었다.

복장을 전부 갈아입은 민호가 검 앞에 섰다.

"민호 씨, 이거."

민호는 호리병을 내민 서은하에게 고맙다는 눈빛을 보내고 마개를 열어 발효액을 듬뿍 마셨다.

"갔다 올게요."

"무사히 다녀…… 읍."

"주문부터 걸고."

서은하의 입술에 가볍게 키스한 민호는 그대로 검에 손을 댔다.

「대장군」─劍의 초월 공간.

끙끙거리며 묵직한 돌이 달린 도끼를 휘두르고 있는 청년의 옆으로 장군이 모습을 드러냈다.

『백만스물하나! 백만스무울─!』

『백만? 이제 겨우 백 번을 내려쳤는데 왜 그런 터무니없는 셈을 세는 거지?』

『기운이 넘칠 때 외치는 계산법이에요.』

청년은 신경 쓰지 마시라고 해죽 웃으며 휘두르기를 계속해 나갔다.

상체 단련을 위한 도끼질, 하체 단련을 위한 산악뜀박질, 균형 감각을 위한 승마에 전투기술 증진을 위한 일대일 지도까지. 특수한 시간 개념이 흐르는 공간 속에서의 훈련은 그제와 어제에 이어 오늘도 쉼 없이 계속됐다.

얼마나 많은 땀과 피를 흘렸을까?

구백 번째의 승마 과정을 수행해낸 청년이 이윽고 장군의 앞에 섰다.

청년은 삼 척 길이의 장검을 뽑아 들고 자세를 잡았다.

『잘 부탁드립니다.』

『네 몸은 이미 한계에 부딪혔어. 앞으로의 시도는 한 번 한 번이 실낱같이 이어진 네 생의 가닥을 자르는 짓이 될 수도 있다.』

장군의 살 떨리는 경고에도 청년은 고민 없이 대답했다.

『이제 고작 백 번 남았는걸요. 내일 교수님도 오고, 즉시 반응하려면 오늘이 마지막이에요.』

『이건 무예를 겨루어 이기는 법을 연마하는 조잡한 수련이 아니다. 부족한 너를 일깨우기 위한 기백의 수양이야.』

장군은 하늘 한쪽을 열어 저 너머의 세계에 있는 청년의 육신을 비춰주었다. 고통에 몸부림치며 식은땀에 젖어 있는 자신의 몸을 본 청년이 멈칫했다.

『정신과 몸은 하나다. 그래도 하겠나?』

허투루 생각지 말라는 장군의 시선은 어딘지 무시무시하고 불안한 기운이 꿈틀거렸다. 이 이상은 무리라는 것을 단언하는 장군에게 청년은 대답했다.

『죽을지 모른다는 거 충분히 알고 있습니다. 저도 감이라는 것이 있으니까요.』

청년은 하늘에 열려 있는 광경 속에 보이는 여인을 가리켰다. 손을 꼭 붙잡은 채로 벌써 9시간 동안 곁을 지키고 있는 그녀.

『옆에서 애타게 응원해 주는 사람도 있고. 그래도 도전해 볼 만하다는 생각입니다.』

『자네의 안사람인가?』

『네. 무지 예쁘죠? 하하.』

'제가 좀 팔불출입니다'라고 중얼거리는 청년의 표정에는 어느새 해맑은 기색이 맴돌았다. 장군은 숨이 넘어가지 직전의 상황 속에서도 유쾌함을 잃지 않는 청년에게 놀라지 않을 수 없었다.

괄목상대. 어느새 이런 수양을 이뤘단 말인가?

『시작 전에 잠깐 옷 좀 정리할게요.』

흐트러진 옷매무시를 가다듬기 시작하는 청년. 땀에 흠뻑 절어 옷 전부가 육체에 찰싹 붙어 있었기에 군살 없는 청년의 근육이 그대로 드러났다.

이 공간 속 영(靈)의 형태는 육신의 반증이다.

겨우 사흘 만에 꽤 쓸 만한 몸이 된 것은 논외로 치더라도, 그 성장 속도는 가히 경이롭다 할 수 있었다.

한 치의 흐트러짐 없이 한계까지 정진하는 저 집중력만큼은 수많은 병사를 키워낸 장군도 경험해 보지 못한 수준이었다.

괴로우면 포기하는 것이 아니라 더 강하게 도전한다는 것. 청년은 목숨을 담보하고 있음에도 각오가 남달랐다.

'부대장으로 들여도 나쁘지 않겠어.'

흡족한 미소를 지었던 장군은 고개를 흔들어 상념을 떨쳐 냈다. 아직 천 번을 통과한 것이 아니다.

『해볼 만하다? 내가 손속에 사정을 둘 것으로 판단했다면 오산이다.』

『얼레? 언제는 그러셨나요? 자, 갑니다!』

선수 필승의 자세로 달려드는 청년을 향해 장군은 두 다리를 어깨너비로 벌린 채 검을 후려쳤다. 번뜩이는 칼날을 향해 청년은 두려움 없이 검을 마주했다.

까가강!

청년의 전방을 그물처럼 뒤덮어 버린 장군의 공세는 위력은 말할 것도 없는 데다 방향을 예측할 수 없을 정도로 기민했다.

대응하다 양팔에 상처를 입은 청년은 그럼에도 쉬지 않고 몸을 움직이며 장군의 검을 일일이 받아냈다. 빈틈을 발견한 장군이 터억, 하고 청년의 가슴에 발길질을 가했다.

『윽!』

급격히 몸을 비틀다 이번엔 장군의 검에 목이 고스란히 노출됐다. 장군은 가차 없이 팔에 힘을 더해 청년의 목을 그었다. 가까스로 검을 치켜들어 목을 보호한 청년의 몸이 붕 떠올라 바닥에 처박혔다.

흙투성이가 된 청년이 벌떡 일어섰다.

『괜찮아. 이 정도는…….』

이렇게 중얼거리며 상대와의 거리를 본능적으로 가늠하고 대비하는 청년의 모습에 장군은 나직이 말했다.

『숨넘어가기 직전인데 괜찮다고 말하는군.』

『정말인데요? 아, 맞다.』

청년은 아직 하늘에 떠 있는 저 너머의 모습을 가리켰다.

『미처 말씀 못 드린 게 있습니다. 제 아내도 능력자라서요. 최임혁 교수님의 의학서를 지니고 있으니, 혹시 숨이 멎을 위험이 생기면 어떻게든 지켜줄 겁니다. 정 급하면 119도 있고. 산소호흡기, 전기충격기. 되게 유용한 응급처치거든요.』

『무슨 의미인지 모르겠군. 산소호흡기?』

『지금처럼 구르는 건 아직 괜찮을 거라는 정도만 알아 두

시면 되고요…… 이얍!』

　기합성과 함께 청년이 달려들었다.

　매 시도가 목숨을 건 사투가 될 최종 훈련은 그렇게 시작됐다.

　「서은하」―현실.

　'탈수 증상. 이대로면 위험해.'

　마치 의사가 된 것만 같은 기분을 느끼게 해주는 의학서를 손에 쥐고 민호를 지켜보고 있던 서은하의 안색이 변했다.

　빠른 심박수, 빠른 호흡에 열까지 나고 있으나 땀이 거의 생성되지 않았다. 서은하는 민호를 안타깝게 살피다 부엌으로 뛰어갔다.

　소금과 설탕을 탄 재수화 용액을 허겁지겁 만들어 민호에게 돌아왔다.

　"민호 씨. 눈 떠요. 이것부터 마셔요."

　몸을 흔들었으나 정신을 차릴 생각이 없어 보이는 민호. 서은하는 고민하다 바로 옆에 준비해 놓은 응급키트를 열어 작은 정맥주사관을 찾았다. 바늘을 민호의 팔에 과감히 꽂아 넣고 수액 공급을 위한 준비를 끝냈다.

　'길어야 한 시간. 그래도 깨어나지 않으면 병원으로 이송해야 해.'

9시간째 정신을 잃고 누워 있는 민호를 보며 서은하는 마음을 굳게 다잡았다. 힘든 일은 무엇이든 함께하겠다고 다짐한 것이 엊그제. 이제 와 물러설 수는 없다.

"힘내요."

서은하는 수액을 맞고 약간의 안정을 취한 민호의 손을 꼭 붙든 채, 그의 무사복귀를 간절히 빌었다.

「대장군」−劍의 초월 공간.

『이게 몇 번째죠?』

『구백팔십칠.』

『후.』

막 기마를 끝내고 내려선 청년이 호흡을 고른 뒤 자리했다.

검을 전면으로 향하고 단단히 방호한 자세. 틈이 보이지 않아 장군도 섣불리 공세를 펼치지 않고 있는데 청년이 문득 생각났다는 듯 물었다.

『제가 잘 몰라서 그러는데, 장군님 시대는 검기가 휘날리고 내공을 막 쏘아대는 그런 세상이었나요? 왜, 무협영화 보면…….』

『뭐라?』

『없구나, 그런 건.』

싱거운 소리를 내뱉던 청년이 대치하고 있던 거리를 단박에 좁히며 공격해 왔다.

두 개의 검이 충돌하며 요란한 소리가 울려 퍼졌다. 장군은 수없이 많은 대련을 지속해 오며 이제는 꽤 괜찮은 수로 맞대응을 해오는 청년의 움직임에 짧은 감탄을 했다가 고개를 흔들었다.

'아직 이르다!'

카가강!

『어억!』

폐를 찔린 청년이 바닥에 쓰러지며 구백팔십칠 번째 사투도 처절한 패배로 끝났다.

「서은하」-현실.

똑. 똑.

느릿하게 떨어지는 수액만큼 시간도 무척 더디게 흘렀다. 서은하는 민호의 혈압을 체크하다 입술을 질끈 깨물고 휴대폰을 들었다.

'민호 씨가 못 깨어나면 이게 다 무슨 소용이야.'

─119입니다. 무슨 일이신가요?

"심각한 탈수 증상을 가진 환자가 있어요. 여기 위치가 강남……."

탁.

응급차를 호출하는 서은하의 팔목에 민호의 손이 올라왔다.

"민호 씨!"

"무, 물……."

"대원님, 죄송해요. 신고 취소해 주세요."

전화를 끊은 서은하가 민호의 옆에 바짝 붙었다.

호리병을 받아 들고 벌컥 들이켠 민호는 한숨 돌렸다는 듯 침대에 축 늘어졌다.

"후아, 살 것 같아."

민호는 서은하를 보며 억지로 미소 지었다.

"걱정 많았죠?"

"조용. 혈압 체크 중이니까 입 다물어요."

검지를 들어 입술을 막아 보인 서은하는 최임혁의 의학서를 통해 민호의 상태를 꼼꼼히 진단했다. 일단 위험한 고비는 넘겼다는 것을 깨닫고 안도하며 물었다.

"어떻게 된 거예요?"

"구백구십 번째부터 진짜 위험했어요. 한번 얻어맞을 때마다 황천길이 눈앞에 왔다 갔다. 한 번은 저승사자가 손을 내미는 거 있죠?"

"정말요?"

"아니요. 눈을 떠보니 장군님 앞발이었어요."

이 상황에 농담이 나오냐는 서은하의 책망 담긴 시선에 민호는 슬쩍 고개를 내리깔았다.

"민호 씨, 진짜! 깨워도 안 일어나서 간 떨어지는 줄 알았다고요."

툭 하고 민호의 가슴을 치던 서은하는 돌을 두드리는 것처럼 딱딱한 느낌에 움찔했다.

"봐봐요."

민호는 오른손에 쥐고 있던 검을 들어 보였다. 붉은 귀기가 민호의 몸에 흡수되듯 점차 사라지는 광경에 서은하는 놀란 시선이 됐다.

"그대의 낭군이 시험을 통과한 것 같소."

"무슨 말투예요, 그게."

"장군님 말투가 이러시거든요. 에구, 죽겠다. 이리 와서 베개 좀 해주시오, 부인."

민호는 서은하의 다리에 머리를 기댄 채로 끙끙거리는 신음을 내뱉었다. 고비를 넘기긴 했지만, 실제로 지난 1시간은 생사경을 헤매는 상황이었다.

"자요."

서은하가 시원한 수건을 이마에 덧대주자 민호는 눈을 지그시 감은 채 기분 좋은 미소를 지었다.

"전에는 아버지가 되게 간단하게 이런 유물을 길들였다고 생각했거든요. 그런데 아니었어요. 하나하나 이렇게 죽을 고비를 넘겨 가며 해낸 거였어요."

"아버님이 존경스럽다고요?"

"뭐, 저도 최초의 한 발은 성공한 거니까. 이제 아버지 옆에서 어느 정도 체면은 서지 않겠어요?"

"글쎄요."

서은하가 머뭇거리자 민호는 눈을 치켜떴다.

"부인. 부인은 대체 누구 편이란 말이오?"

"누구 편이긴요."

서은하가 고개를 숙여 민호의 입술에 입을 맞췄다.

"낭군님 편이옵니다."

"어허, 그렇다면 어째서 입맞춤을 한 번으로 끝낸단 말이오."

"다 죽다 살아났으면서."

"씻고 올까요? 아직 새벽이고, 스케줄 시간까지 많이 남았는데……."

은근슬쩍 허리에 손을 두르는 민호. 서은하는 가만히 그의 경동맥에 손끝을 댔다.

"수액 다 맞을 때까지 꼼짝 말아요. 민호 씨 지금 입만 살아 있다고요. 몸은 아직 기력이 없어요."

"그걸 어떻게 확신하는데요?"

"최 교수님 감이 그래요."

"원망스러운지고!"

"그만 떠들고 쉬어요."

"어디 가지 마요."

어린아이처럼 보채던 민호는 잠시 후, 고른 숨을 내쉬며 잠에 빠져들었다.

서은하는 민호의 머리에 베개를 대어놓고 가만히 그의 뺨에 손등을 댔다. 열도 점차 내려가는 추세. 이렇게 몇 시간 푹 자고 나면 언제나처럼 활발한 민호를 볼 수 있을 것이다.

"성공했다니 다행이야."

땀 때문에 민호의 체온이 급격히 식을 것을 염려한 서은하는 마른 수건을 들었다. 목 부근을 닦다가 등과 가슴 쪽을 닦기 위해 그의 티셔츠를 쑥 올렸다.

"신기한 일이네."

아까도 느꼈지만, 한층 튼튼해진 듯한 근육이 그대로 드러났다. 수많은 환자를 경험한 최임혁의 지식이 이 정도로 압축된 근육 발달 상태는 프로 격투선수나 권투선수에게서나 볼 수 있다는 정보를 전해주었다.

'아······.'

뭔가 음미하듯 민호의 몸을 탐하고 있는 것 같아 얼굴을 붉히던 서은하는 침대 옆에 놓인 검을 보고 뜨끔했다.

"가, 감사해요, 장군님. 민호 씨 무사히 보내줘서."

꾸벅 인사한 서은하는 사방에 흐트러져 있는 수건을 챙겨 황급히 욕실로 향했다.

「강민호」–동대문 T 브랜드 스튜디오.

밴에서 내린 민호는 건물 입구 한쪽에 잔뜩 몰려 있는 인파에 시선이 머물렀다. 저마다 휴대폰과 카메라를 손에 쥐고 조금이라도 가까이서 촬영하기 위해 발끝을 꼿꼿하게 치켜든 그들을 향해, 민호는 별생각 없이 손을 흔들었다.

"안녕하세……."

"민호 오빠악—!"

여고생 팬의 비명과 같은 외침에 움찔했다가 뒤이어 내릴 서은하가 혹시 놀랄까 봐 손을 내밀며 말했다.

"기자들 말고도 팬들이 엄청 나와 있어요. 발 조심하고."

"그래요?"

민호의 에스코트를 받아 서은하까지 내려서자 사방에서 플래시까지 터졌다.

"서은하 씨! 여기요, 여기!"

"이쪽 좀 봐주세요!"

무려 15일 만의 공식 스케줄인 탓에 정말 많이 모여 있었다. T 브랜드 측에서 세워놓은 가이드라인 곳곳에는 경호원까지 빼곡히 자리해 만약의 사태를 대비 중이었다.

"민호 씨, 은하 씨. 주차하고 올라가겠습니다."

운전석의 공 매니저의 음성에 민호는 고개를 끄덕인 뒤 문을 닫았다.

"진짜 왔어! 두 사람 다 실물 장난 아니야."

"강민호는 왜 저리 훤칠해졌대?"

"웃겨, 원래 그랬거든요!"

수많은 사람의 웅성거림과 엄청난 환대에 몸 둘 바를 모르던 서은하도 엉겁결에 손을 흔들었다.

"이럴 줄 알았으면 화장하고 올 걸 그랬어요."

"예쁘니까 걱정 마요."

"민호 씨 눈에만 그런 거죠."

"은하 언니 너무 예뻐요옥—!"

여고생의 비명 같은 칭찬이 들려와 민호는 피식 웃었다.

"저 봐요."

서은하는 미소와 함께 여고생에게 고맙다고 고개를 살짝 숙여 보였다.

"들어갈까요?"

민호는 왼팔을 내밀었다. 서은하가 자연스레 그의 팔에 팔짱을 끼자 별일 아님에도 사방에서 환호 소리가 터져 나왔다. 레드카펫 위를 걷듯 건물 안으로 들어서기까지 온갖 촬영세례는 끊이지 않았다.

로비에 들어선 직후, 경비원이 바로 뛰어나와 직원 출입문을 열었다.

"오랜만에 봬요."

2년째 화보 촬영을 해온 탓에 얼굴이 익은 경비원을 향해 서은하가 인사했다. 경비원은 머쓱한 표정을 짓더니 수첩을 하나 내밀었다.

"사인을 부탁드려도 되겠습니까?"

"그럼요."

"강민호 씨 것도 같이요. 제 와이프가 열렬한 팬이라서."

민호까지 사인을 끝내고, 두 사람은 엘리베이터 앞에 섰다.

딩동.

디자인 스튜디오가 위치한 20층 버튼을 누른 민호가 웃으며 말했다.

"이쯤 되면 국민 커플이네요, 우리."

"밖에 거의 안 나와서 이 정도일 줄은 몰랐어요."

이렇게 말하며 서은하는 민호의 머리카락을 옆으로 부드

럽게 넘겨주었다.

"이러다 민호 씨랑 저, 부부 싸움하면 신문에 나는 거 아닌지 모르겠어요."

"그럴 리 없어요."

"어머? 아무리 좋아해도 살면서 부딪힐 일 하나 없을까?"

"싸움이 돼야 무슨 싸움이라도 하죠. 은하 씨가 화내면 저는 우는 것밖에 할 게 없습니다."

"피. 가만 보면 민호 씨는 말을 진짜 바람둥이처럼 잘한다니까."

"아내에게 사랑받는 남편의 기본자세를 너무 깎아내리십니다."

20층에 내리자마자, 앞에 대기 중이던 코디 김시완이 두 사람을 맞이했다.

"오느라 고생하셨어요. 민호 형. 은하 누님."

"시완아, 누님이 뭐야. 형수님이라고 불러."

"아, 그렇지. 형수님. 드레스룸에서 바로 핏부터 확인해 주셔야 해요. 스태프들 와 있어요."

김 코디가 복도 저편을 가리켰다. 함께 촬영 스튜디오로 향하며 민호가 물었다.

"나는 핏 같은 거 안 봐도 되나?"

"형 치수는 제가 다 외웠으니까요. 팔 길이까지 정확하게······."

민호의 몸을 훑던 김 코디의 눈이 휘둥그레졌다.

"어라? 가슴이랑 팔뚝이 왜 이렇게 굵어졌어요?"

대장군과의 기이한 훈련 탓에 며칠 새 몸이 비정상적으로 발달했기에 민호는 변명을 생각해 보았다. 답이 나오지 않아 점잖은 목소리로 아무렇지 않은 듯 대꾸했다.

"운동 열심히 해서 그래."

"소매 통폭이랑 리프까지 전부 재조정해야겠는데요?"

"그냥 입으면 안 돼?"

"슬림핏이 기본인데 포즈 취하다 찢어질 일 있어요? 이렇게 아니지. 저 먼저 갑니다!"

김 코디가 부랴부랴 남성용 드레스룸으로 내달렸다. 서은하는 민호의 팔뚝을 조심스레 만져보더니 고개를 흔들었다.

"나는 잘 모르겠는데. 시완 씨가 저보다 민호 씨 몸을 잘 아네요."

"은하 씨는 계속 깜깜한 장소에서만 봐서 그래요. 아니지, 보지도 않고 만지기만 했지."

"누가 들어요."

"안 들어요."

점자시계를 흔들어 보인 민호는 못 믿는 눈치의 서은하를 위해 시계를 벗어 그녀의 팔목에 채워 주었다.

"이게 뭔데요?"

"터치해 봐요."

귀가 확 밝아지는 느낌에 화들짝 놀란 그녀가 민호의 손을 꼭 붙잡았다.

"와, 소리가……."

"원하는 방향에 집중하면 그쪽 소리가 더 잘 들려요."

서은하는 주위를 두리번거리다 미란다 송의 작업실 쪽에 시선이 멈췄다.

"송 팀장님 회의 중이신가 봐요."

"그 지옥의 콘셉트 회의요?"

"네."

"올봄 시즌은 러플 디테일을 주력으로 삼을 건가 봐요. 화보가 나올 때까지 절대 비밀…… 음."

서은하는 뭔가 훔쳐 듣는 것만 같아 미안한 얼굴이 되었다. 그러다 갑자기 떠오른 생각에 눈이 커졌다.

"민호 씨, 혹시 이걸로 제 비밀 막 훔쳐 들었어요?"

"그런 나쁜 짓은 절대 안 했습니다. 저 믿죠, 은하 씨?"

"못 믿겠어요."

이번만큼은 신뢰할 수 없다는 그녀의 눈길에 민호는 턱을 긁적였다.

"진짠데. 사실 은하 씨한테는 그 용도보다는 이런 식으로⋯⋯."

민호는 좌우를 살펴 지나다니는 사람이 없는 것을 보자마자 서은하의 입술을 훔쳤다. 점자시계를 터치하면 청각뿐만 아니라 전신의 모든 감각이 극대화되기에 서은하는 찌릿한 느낌을 받고 몸서리를 쳤다.

"어때요?"

"⋯⋯."

촬영 홀 쪽에서 "서은하 씨!"를 외치는 스태프의 부름이 들려왔다. 느낌이 강렬했는지 순간 멍한 얼굴이 되어버린 그녀는 대답조차 못 하고 걸음을 멈췄다.

민호가 물었다.

"한 번 더 해줘요?"

"민호 씨이!"

서은하는 홍당무처럼 얼굴이 달아오른 채로 짓궂은 체험을 하게 한 민호에게 눈을 흘겼다.

"깜짝 놀랐잖아요."

"스태프 기다린다. 얼른 가서 옷 입어봐요."

"이따 얘기해요, 이거. 가만 안 넘어가요."

"후후."

귀엽다는 듯 바라보는 민호의 시선에 서은하는 수줍음을 감출 길이 없어 얼른 문 뒤로 걸어갔다.

홀 안으로 들어가던 서은하는 입술에 손을 올렸다. 삽시간에 가까워진 민호에게서 느껴지는 것들은 그 감촉이 무척 자극적이었다. 로션향과 숨소리, 그리고 민트맛 입술. 심장이 온통 쿵쾅거릴 만큼 감각이 극대화됐다.

"안 좋아. 이건 안 좋아."

"우리 은하 씨 의외로 응큼한 스타일이라니까."

"그만 놀려요."

하고 고개를 돌린 서은하는 민호가 저만치 멀리서 중얼거렸다는 사실을 깨닫고 고개를 휘휘 저었다.

각자 열 벌의 옷을 갈아입는 화보 촬영은 오전 내내 일사천리로 진행됐다.

"두 분 포옹 살짝 해볼까요? 오, 그겁니다!"

모든 촬영을 커플 화보로 진행했기에 호흡은 당연하게도 최상이었다. 러블리한 분위기, 야릇한 상황 연출에 미묘한 아쉬움을 담는 연기까지.

찰칵.

사진작가의 주문에 따라 민호와 서은하는 각양각색의 표정을 뽐냈다.

"쉬었다가 마지막 옷으로 가겠습니다!"

얼마 뒤, 소매와 옷깃에 여성스러운 레이스가 달린 옷을 입은 서은하가 드레스 룸에서 걸어 나왔다.

"와우."

리넨 셔츠가 꽉 끼어 몸을 이리저리 움직여 보고 있던 민호는 유달리 아름다워 보이는 그녀에게 시선을 고정한 채로 엄지를 치켜들었다.

풍성한 머릿결에 꾸민 듯 꾸미지 않은 웨이브. 무릎 위를 살짝 덮은 치마. 다소곳한 걸음걸이로 걸어오는 그녀를 누가 내일모레 엄마가 될 사람이라 생각하겠는가?

서은하가 민호의 옆에 서더니 물었다.

"왜 그렇게 봐요?"

"혼자 보기 아까워서 죄송할 지경의 미모십니다."

"치. 아까 놀린 거 미안해서 띄워주는 건 아니죠?"

"무슨 그런 섭섭한 말씀을."

조명이 꺼져 스튜디오 전체가 쌀쌀했기에 김 코디가 시작 전까지 걸치고 있으라고 서은하의 외투를 가져왔다.

"고마워요, 시완 씨."

"촬영 잘하세요, 형수님. 민호 형 그거 억지로 재단한 거니까 팔 위로 뻗는 동작은 자제해 주세요."

"오케이."

민호는 서은하의 옆에 가까이 앉으며 말했다.

"지금 은하 씨가 예쁘지 않다면 천벌이라도 달게 받겠습니다. 지금 그 미소. 천사야, 천사."

"저 안 웃고 있거든요? 나중에 혼날 거 대비하려는 수법
다 알아요."

"들켰네."

서은하는 흥, 코웃음을 치다가 외투 안쪽 주머니에 넣어두
었던 점자시계에서 따뜻한 기운이 이는 것을 느꼈다.

'응?'

그녀도 모르게 머리를 스치는 생각.

"미소의 반대말은 '당기'소."

"네?"

"어맛."

서은하는 비명 같은 신음을 흘렸다. 마치 평소의 아빠처럼
전혀 웃기지 않은 말장난을 스스럼없이 해버렸다.

"민호 씨 방금……."

"푸흡."

"잊어요."

"은하 씨도 당했구나. 그 시계 주인이 그런 유머를 좋아라
해요."

'내가 이상한 개그를 해버렸어'라고 고개를 흔들며 자책하
는 서은하. 민호는 그녀의 입을 빌려 이런 말장난이 나왔다
는 사실에 웃음을 참지 못했다. 그사이 사진작가가 다가

왔다.

포즈 논의가 끝난 뒤, 조명에 일제히 불이 들어왔다.

"은하 씨, 미래의 신랑에게 머리 살짝 기대주고. 시선 처리!"

찰칵.

"민호 씨 웃는 표정 좋아요! 응? 은하 씨 지금은 밝은 감성 부탁해요."

"네……."

찰칵. 찰칵.

찍은 것을 모니터링하기 위해 사진작가가 잠시 자리를 비운 동안, 서은하는 한숨을 푹 내쉬었다.

"은하 씨, 그거 알아요?"

민호는 서은하를 위로하기 위해 입을 열었다.

"아저씨 개그와 힙합 라임은 종이 한 장 차이라는 거. 반장님도 그래요. 안 웃기지만 웃기려고 노력하는 인간미가 매력 있는 거라고요."

"애써 포장 안 해줘도 되거든요?"

"하하."

"끝나고 봐요."

각종 애장품 때문에 오전부터 정신없는 서은하였다.

"마지막 한 장!"

셔터를 누른 사진작가가 오케이 사인을 보냈다.

모든 촬영이 끝나고, 조명 빛이 뜨거운 까닭에 어느새 이마에 송골송골 땀이 맺혀 버린 민호의 이마로 손수건 하나가 올라왔다. 서은하가 손수건을 들어 직접 닦아주자 민호는 기분 좋은 웃음을 지었다.

"화 풀렸어요, 은하 씨?"

"아직이요."

"아까 진짜 웃겼어요. 그리고 사랑해요."

멈칫할 수밖에 없는 갑작스런 고백. 싱글거리는 민호를 찌릿 째려본 서은하는 못 당하겠다는 듯 한숨을 지었다.

민호는 저 멀리 서 있는 사진작가에게 서은하 몰래 손을 들어 사진 한 장을 더 찍어 달라는 동작을 해 보였다.

"은하 씨."

"네?"

고개를 돌리는 서은하의 입술에 쪽, 입을 맞춘 민호.

찰칵.

그 정다운 모습은 그대로 사진기에 담겼다.

"수고하셨습니다!"

화보 편집장 홍상원이 두 사람에게 다가왔다.

"이번 시즌이 끝이라니 진짜 아쉽습니다. 두 분이 스위스에서 촬영한 겨울 화보집 없어서 못 팔 지경인 거 아십니까?"

민호는 가볍게 웃으며 말했다.

"이런 신세대를 위한 라인 말고, 유부남을 위한 패션라인 있으면 언제든 참여할게요."

"지난번에도 말씀드렸다시피, 그 정도는 송 팀장님과의 협업으로 직접 디자인하셔도 충분하리라 생각합니다. 젊은 부부를 위한 패션라인 제작도 시장 가치는 높을 테니."

"그건……."

민호는 서은하를 돌아보며 말했다.

"은하 씨랑 상의해 보고요."

이 말에 서은하의 눈이 동그래졌다. 촬영장을 나서며 그녀가 물었다.

"미란다 송 디자이너님과 콜라보하게요?"

"제가 아니라 은하 씨가 해야죠. 여기 디자인실에서."

"네에?"

"그렇게 안 어려워요. 제이 킴 실장님 가위랑 임소희 사장님 만년필만 빌리면 되니까."

애장품끼리도 서로 어울려 새로운 무언가를 창조할 수 있다는 민호의 말에 서은하는 놀람을 금치 못했다.

아직 애장품의 세계에 대해 익힐 것이 많다는 것에 신기해하면서도 육 개월 사이 상상도 못 했던 일들을 해온 민호가 대단하게 느껴지는 순간이었다.

　메이크업을 지우고 평상복으로 갈아입은 두 사람이 촬영 세트장을 벗어났다. 엘리베이터 앞에 서 있던 공 매니저가 시원한 주스 두 병을 손에 들고 달려왔다.

　"고생하셨습니다. 여기 목부터 축이십시오."

　"잘 마실게요, 공 매니저님."

　민호는 병의 마개를 따서 자연스럽게 서은하에게 넘겼다. 서은하가 미소와 함께 병을 건네받았다. 그 광경을 지켜본 공 매니저는 뭉클한 표정이 되어 말했다.

　"민호 씨와 은하 씨를 태우고 화보 첫 스케줄 가던 길이 엊그제 같습니다. 곧 결혼이라니, 아직도 믿기지 않네요."

　"저도 실감 안 나는걸요. 은하 씨는요?"

　민호의 물음에 서은하도 고개를 흔들었다. 공 매니저는 엘리베이터의 버튼을 누르며 말했다.

　"서철중 반장님의 허락을 받은 것도 놀랍습니다. 민호 씨 정말 다시 봤습니다. 남자십니다."

　"남자는 무슨. 저 죽을 뻔했어요."

　이건 농담이 아니라 진담이었으나 공 매니저는 껄껄 웃기만 했다.

　"날짜는 잡으셨습니까?"

"그건……."

윤환의 문제가 잘 마무리돼야 가능한 부분이었기에 말을 흐릴 수밖에 없었다. 민호는 시간을 확인하고 말했다.

"이반 교수님 입국 시간이 얼마 남지 않았네요. 일단 움직이죠."

"그러시겠습니까? 차는 건물 후면 주차장에 있습니다."

2인승의 붕붕이로는 이동에 한계가 있기에 미리 밴을 이용해 이반 교수를 모시는 것으로 결정해 두었다.

공항으로 가는 길.

민호는 휴대폰을 들어 검색하다 벌써 기사가 잔뜩 올라와 있는 것을 보고 서은하에게 말했다.

"은하 씨가 실검 1위네요."

"제가요?"

"아까 마지막 사진, 은하 씨 공식 계정에 올렸거든요. 추천 수 장난 아니네."

귀걸이를 걸고 있던 서은하가 고개를 돌렸다.

"서은하의 화보 나들이. 임신 중인 것이 믿어지지 않을 정도로 미모를 뽐내는 그녀는 오늘 T브랜드의 촬영장에서 연인 강민호와……."

기사를 읽어주던 민호는 평소 액세서리를 거의 착용하지

않는 그녀가 푸른 다이아가 인상적인 귀걸이를 낀 것을 보고 의문이 담긴 시선을 보냈다.

서은하가 웃으며 민호의 궁금함에 대한 답을 주었다.

"아버님이 주신 선물이에요. 이반 교수님 수행하려면 러시아어가 가능해야 할 거 아니에요."

"은하 씨까지 고생 안 해도……."

"또 그런다."

서운해 보이는 서은하의 시선에 민호는 재빨리 고개를 끄덕였다.

"뭐든 같이 해야죠. 암요."

민호는 귀걸이를 가리켰다.

"아버지가 유품을 주신 거예요?"

"네. 이거면 10개 국어를 할 수 있다고 하셨어요."

"우와."

서은하와 아이가 위험했던 상황에서 이런 선물이라니. 아버지의 배려는 그 끝을 알 수가 없을 지경이었다.

"며느리가 아니라 나한테도 좀 그랬으면……."

"네?"

"아녜요. 바로 실험해 볼까요?"

요원의 반지를 착용한 민호가 서은하에게 물었다.

"можете сказать?"

『네, 가능하네요. 신기해라. 러시아어가 모국어처럼 나와요. 뉘앙스까지 느껴질 정도네.』

『다른 언어는요?』

『잠깐만요. 유럽 쪽 언어가 막 떠올라요. 독일, 스페인, 포르투갈…….』

난데없이 러시아어가 들려와 룸미러로 눈길을 돌린 공 매니저는 '대단들 하셔'라는 표정으로 감탄해 마지않았다.

「이반 타노프」─인천공항 국제선 F 게이트.

갈색 슈트를 입은 백발의 노신사가 국제선 게이트에서 걸어 나왔다.

『여깁니다, 교수님!』

주위를 두리번거리던 이반은 윤환과 무척 닮은 청년이 손을 흔드는 것에 어렵지 않게 민호임을 알아챘다. 옆에는 참하게 생긴 한국의 아가씨도 함께 서 있었다.

『안녕하세요.』

『오, 그래. 자네가 민호 맞지?』

『네. 이쪽은 제 약혼자 서은하라고 해요.』

민호의 소개와 함께 아가씨가 고개를 숙여 인사해왔다.

『반가워요, 이반 교수님.』

『기사 봤다네. 축복받은 연인들이야. 그 상황에 아이까지 생기다니.』

서은하가 부끄러운 듯 고개를 숙였다.

『교수님. 이메일로도 전했지만, 저희 아버지께서 꼭 만나보라고…….』

『아아, 잠깐. 나도 소개해 줄 사람이 있어서 말이야.』

곧바로 윤환에 대한 문제를 꺼내려던 민호는 이반의 뒤를 따라 나온 노인을 보고 의아한 얼굴이 됐다. '혼자 오시는 거 아니었나요?' 하는 눈길에 이반은 쓸쓸히 웃으며 말을 이었다.

『여긴 콜린 랜프류 고고학협회장. 콜린, 이 젊은이들은 한국에 있을 동안 내 연구소 일을 도와줄 친구들이네.』

『닮았군, 그 도둑놈이랑.』

영국식 영어 발음으로 이어진 콜린의 차가운 대꾸에 사정을 전혀 모르는 민호와 서은하는 꿀 먹은 벙어리가 됐다.

이반은 분위기가 썰렁해지자 재빨리 웃으며 말했다.

『콜린. 자넨 어쩌겠나? 세미나가 있을 호텔로 갈 텐가? 난 친구 무덤에 좀 다녀오겠네.』

『항만부터 다녀와야겠어.』

『전시회는 아직 한참 남았잖나.』

『그 도둑놈이 또 빼돌렸을지 어찌 알아? 게다가 한국인데.』

『뭐, 뜻대로 하게나.』

콜린은 찬바람을 풀풀 풍기며 입국장 밖으로 걸어 나갔다.

민호는 눈치를 살피다가 조용히 이반에게 물었다.

『저, 이반 교수님. 콜린 협회장이 말하는 도둑놈이 설마?』

『맞네, 윤환이야.』

『아버지를요? 대체 왜…….』

『말하자면 기네. 가면서 얘기하지.』

「강민호」─공항 톨게이트.

밴을 타고 이동하는 길에 시작된 이반의 이야기는 윤환과의 첫 만남에 얽힌 단편적인 내용이었다.

『……윤환이 처음 발굴 작업을 제의했을 때는 반신반의했었지. 아무도 그 지역에 유물이 있을 거로 생각지 않았거든. 나와 윤환. 그리고 베로니카. 세 사람과 조수 몇 명만으로 런던에서 120킬로나 떨어진 시골 지역의 무덤 탐사에 들어갔지.』

이것은 민호가 태어나기도 전인, 이십육 년 전의 추억이었다.

『윤환은 놀라웠어. 특히 폐허의 흔적에서 과거의 문명사를 유추해 내는 기술은 발군이었네. 그 당시에는 자네 집안의 능력에 대해 전혀 몰랐기에, 난 고고학사에 길이 남을 위대한 학자라고만 생각했다네. 내 딸도 이때 윤환에게 완전히 반해 버렸지. 그때 확실히 채갔으면 민호, 자네의 눈동자도 갈색이 됐을 텐데 말이야.』

갈색 눈동자의 이반 교수가 씩 웃었다.

함께 듣고 있던 서은하가 어리둥절한 표정을 지었다. 민호는 나직이 아버지의 옛 애인 베로니카 교수님에 대한 정보를 전해주었다. 이복동생이 됐을지도 모를 티나의 사정도 언급하자 서은하는 '말도 안 돼'라고 중얼거렸다.

『아무튼, 발굴 작업은 몇 달이 지나지 않아 브리튼 섬에서 출토된 유물 가운데 가장 귀중한 고고학적 가치를 지닌 사업이 되었네. 고분 한복판을 가로질러 도랑을 파던 작업 중에 배의 용골 윤곽이 드러났을 때는 모두 흥분에 빠졌지. 당시 영국 박물관 소속의 학자였던 콜린이 소식을 듣고 한달음에 달려온 것도 그즈음이었네.』

서기 7세기 바이킹의 배와 그 배에 묻힌 유해에 관한 이야기에 접어들자 이 분야에 문외한인 민호도 약간의 흥미를 느꼈다.

『그 유해가 아버지가 찾고 계셨던 거였나요?』

『그래. 출토된 배에는 바이킹의 족장이었던 사내가 사후에 '발할라'라는 장소로 여행하기 위해 잠들어 있었다네. 윤환은 그 즉시 발굴현장에서 유해를 파괴해 버렸네. 그것이 이 발굴 작업을 돕기 전에 나와 했던 약속이었거든. 나와 베로니카는 도굴꾼의 소행이라고 둘러댔지만, 콜린은 윤환을 의심했어.』

민호는 이제야 알 것 같았다. 세계의 고고학사에 큰 영향을 끼칠 발굴 작업에 관여하고, 그곳에서 검은 기운이 깃든 유물만 거둬 파괴해 왔던 윤환의 과거를. 콜린 교수가 윤환을 극도로 싫어하는 것도 어느 정도는 이해가 갔다.

『콜린이 항만에 들렸다면, 오늘도 길길이 날뛸 거야. 고고학회는 물론이고, 몽골사도 자신들의 역사로 편입하고 싶어 하는 중국 정부까지 눈독을 들이고 있는 칸의 무덤에서 알짜배기 유물이 증발한 것이니.』

『이거 나중에라도 아버지께 문제가 생기는 거 아니에요?』

『법적으로 추궁받을 소지는 없네. 발굴 관할권은 우리 타노프 연구소가 위임받았고, 고고학회는 자문의 입장으로만 참여하고 있으니까. 윤환과의 협력작업 덕분에 우리 연구소의 입김이 현재는 세계 최고의 권위를 갖고 있거든.』

가만히 듣고 있던 서은하는 귀걸이에서 따뜻한 기운이 느껴져 고개를 돌렸다. 시선이 마주친 민호가 '왜요?' 하고 묻자 서은하는 반사적으로 대답했다.

『이반 교수님 말씀은 82년 채택된 UN 문화유산보호협약에 어긋나요. 문화재 반환 규정에 따르면 70년대 이후 거래

된 모든 유물은 그 국가에서 소유권을 주장할 수 있으니, 몽골에서 민호 씨 아버님께 반환을 요구하면…… 어라?』

술술 말하던 서은하는 본인이 더욱 놀라 눈이 휘둥그레졌다. 외교관으로 다년간 활동한 귀걸이 주인이 갖고 있던 지식이라는 사실을 뒤늦게 깨달았으나 말은 나온 후였다.

이반은 제법이라는 표정으로 서은하를 보며 고개를 끄덕였다.

『맞네. 다른 곳은 몰라도 몽골 정부가 문제지. 그래서 윤환이 미리 협상을 끝냈네. 칸의 유물을 찾아내면 한국에서 최초 분석발표를 하고 건네주겠다고. 사실상 출토품 한두 개 빼돌리겠다는 언질이었으나 몽골 정부는 수락했어. 막말로 윤환 아니면 그 무덤 위치도 못 찾아. 몽골 초원이 보통 넓은 게 아니거든.』

『아버지도 참 용의주도하시네요.』

『한두 번 해본 솜씨가 아니니까. 그래서 콜린은 더욱 미치겠는 거고.』

하하, 웃은 이반이 콜린에 대한 평을 이었다.

『이 친구는 볼 때마다 너무 딱해. 협회장 되고 이룬 업적이 전혀 없어.』

서은하는 자꾸만 국제 관계에 대한 전문 지식이 머릿속을 맴돌아 고개를 저어야 했다. 그것을 눈치챈 민호는 서은하의 귀걸이에 손끝을 대고 짧게 생각했다.

'갑자기 그러면 은하 씨 놀라요. 천천히 얘기해 주세요.'

생각과 생각이 만나 진정되는 기이한 경험. 서은하는 놀라서 민호를 보았으나, 민호는 손을 뗀 뒤였다.

윤환이 과거에 어떤 일을 했는지에 대한 정보를 전부 들은 민호가 물었다.

『아시다시피 아버지가 칸에게 조종당하고 있어요. 혹시, 그 유물을 어떻게 파괴하는 건지 아세요?』

『구경은 몇 번 했어. 그러나 원리가 어떤 것인지는 나도 알 수 없네. 겉보기에는 윤환 혼자 아무것도 없는 허공에 대고 미친 사람처럼 싸우는 것 같았으니까. 다만 그때마다 들고 있던 물건이 달라졌네. 하나하나 고고학적 가치가 뛰어난 유물들이었어. 그게 모두 파괴되는 모습은 학자로서는 매우 안타까운 일이었지. 이해는 하네. 그 오래된 유물이 실제로 사람에게 악영향을 끼치는 것을 본 적 있으니까. 이집트 발굴 지역에선, 미라를 강제로 훔쳐간 도굴꾼 전원이 역병으로 사망하기도 했고……..』

민호는 대강의 윤곽을 잡았다.

유물로 유물을 상대하는 것. 아마도 초월 공간 속에서 벌어지는 일이리라. 대장군의 검을 무리해서라도 길들여 놓은 것은 확실히 맞은 선택이었다.

'문제는 이거야.'

아버지조차도 검은 유물을 상대할 때 단 하나만 들고 가지 않았다. 붉은 기운이 깃든 유물 여러 개의 힘을 합쳐 하나를 파괴했다.

자신은 현재 대장군의 검 하나를 소유했을 뿐.

'장군님께는 미안한 얘기지만, 부족해.'

이반은 곰곰이 추억을 생각하다 덧붙였다.

『그래도 다행인 것은, 처음에는 한꺼번에 열댓 개의 다른 유물을 들고 와 전부 파괴하다 시간이 지날수록 숫자가 줄어 들었다는 것이네. 정균이 죽고 나서 마지막으로 구경했을 때 는 액자 하나와 유물 하나였어.』

『그래요?』

『그게 십오 년 전이었을 거야.』

민호는 고개를 돌려 서은하를 바라보았다. 그녀가 소지하 고 있는 액자는 할아버지의 유품이었다. 지금까지는 단순히 자신의 상태를 보기 좋게 알려주고, 곁가지로 가족을 보호하 는 역할만 해주는 유품으로 생각하고 있었다. 그러나 이런 가정을 해볼 수 있었다.

액자에 할아버지가 애장품을 활용했던 능력이 그대로 담 겨 있다면? 그것을 붙잡은 아버지가 본래의 능력에 덧붙여 더 나은 활용 능력을 보일 수 있다면?

단지 가정일 뿐이기에 이것으로 칸에게 곧장 달려갈 수는 없었다. 민호는 휴대폰을 들어 애장품에 대해 정리해 놓은 메모장을 열었다.

〈애장품 활용 능력의 등급〉

D : 애장품에서 손을 떼면 아무 느낌도 없다. (은하 씨와 아기)

C : 애장품에서 손을 떼면 그 능력의 여운만 남는다.

B : 애장품에서 손을 떼고 아주 짧은 시간 동안 본래의 능력 활용이 가능하다.

A : 애장품을 붙잡고 있던 시간만큼 애장품이 없어도 능력을 온전히 활용할 수 있다.

A~S : (나)

S : 애장품에 잠시만 닿아도 능력을 하루 동안 활용한다. (아버지)
　-상급 유물을 길들일 수 있다.

SS : 한번 애장품의 빛을 흡수하면 영구적 능력 활용이 가능하다. (할아버지)
　-특수유물을 파괴할 수 있다? (가정)

SS+ : 유품의 능력을 애장품처럼 흡수할 수 있는 단계가 존재한다. (시초로 알려진 조상 외에는 누구도 도달한 적이 없다.)

'물어볼까?'

민호는 서은하에게 액자를 건네 달라고 말해 손에 쥐었다.

'할아버지, 계세요?'

아무 반응이 없었다. 액자에 어린 빛을 무심코 쳐다보던 민호는 소스라치게 놀라고 말았다.

이걸 무슨 기분이라 해야 할까? 자신의 상태를 제삼자의 관점에서 객관적으로 보고 있는데, 그걸 머릿속으로 그대로 이해하는 상황. 거울에 거울을 비추면 그 안에 무한한 상이 맺히듯 이 과정이 무수히 반복되는 듯했다.

[일이 생각대로 풀리지 않아 얼떨떨한 기분입니다. 아직 가문의 능력에 대한 확실한 개념이 없으며, 아버지가 잘 해결될 것이라고 한 말에 막연히 기대고 있습니다.]

'이게 대체……'

[아버지가 왜 모든 사실을 얘기해 주지 않았는지 분해하고 있습니다. 옆에서 누군가 톡 건드리면 눈물을 짜고 마는 감성 충만하고 약한 남자가 되어 버렸습니다.]

'아, 아니거든요?'

이대로면 답이 나오지 않을 것 같아 민호는 혀를 찰 수밖에 없었다.

붕붕이처럼 주인이 아니라, 주인이 바랐던 무언가가 깃들어 있기에 기계 매크로 같은 소통밖에 못 한다는 생각이 들었다.

'이제 어쩐다?'

「콜린 랜프류」-인천항 컨테이너 대기소.

『제길!』

화물 목록을 철저하게 조사하던 콜린은 최고의 가치를 지닌 칼 하나가 감쪽같이 사라진 것에 분노를 터뜨렸다.

『어떻게 된 겁니까?』

콜린의 물음에 자신을 통관 담당자라고 밝힌 고창순은 어깨를 으쓱했다. 그리고 짧은 영어지만 의미는 분명히 전달되도록 대답했다.

『선적해 온 배에서 그대로 내려놨을 뿐입니다.』

『개소리! 사라진 이 칼의 가치는 천문학적이야. 누군가 여기 침입해서 가로채 간 것이 분명 하니까, 당신이 모르면 당신도 한패야.』

『그리 의심된다면 절차대로 하십시오. 세관의 분실물 신고 센터에 접수부터…….』

『비켜!』

거칠게 컨테이너 문을 열고 나온 콜린은 그대로 휴대폰을 들어 번호를 찾았다. 미스터 황이라는 중국의 화교 이름을 찾아낸 콜린은 망설임 없이 통화 버튼을 눌렀다.

-네, 협회장님.

『당신들의 제의를 받아들이겠어. 우리가 받게 될 2차 발굴권을 모두 이양할 테니, 물건 하나 회수해 주고 그 도둑놈에게 반드시 본때를 보여줘.』

―생각 잘하셨습니다. 저희 그룹은 세계 고고학회의 선택을 존중할 것입니다. 바로 협력자를 보내 드리죠.

이자가 말하는 그룹이라는 건 정치적으로, 금전적으로 중국 내부의 고위층과 깊게 연루된 기업이었다. 아마 그 휘하에 중화권의 마피아조직도 있으리라.

『윤환 이 작자 만만히 보지 마. 영국에 있을 때 전문가 몇 고용해 봤는데 우리가 전부 당했어.』

―저희 협력자들은 일반인과 다른 사람들입니다. 그 어떤 요구도 수행할 수 있도록 훈련됐죠.

『언제쯤 도착하는데?』

―이미 서울에 있습니다.

『H 호텔에서 저녁에 기자회견을 하니까 그곳으로 와.』

―그리 전해 두죠. 강윤환에 대한 소재 파악도 동시에 진행하겠습니다.

103.
다크 렐릭 라이즈 (5)

「강민호」─분당 메모리얼 파크.

민호와 서은하는 공동묘지라 불리기엔 아담한 경치로 가득한 산자락 아래에 서 있었다.

"민호 씨 할아버님 묘소가 이쪽이었어요?"

"저도 어릴 때 방문하고 오랜만이에요. 전에는 공동묘지였는데, 많이 바뀌었네요."

아버지로부터 제사 같은 거 원치 않는 할아버지라 들었기에 고모의 손을 붙잡고 온 기억 외에는 없었다.

『나 왔네, 정균.』

이반은 술병 하나를 손에 쥐고 '강정균'이라는 한글 묘비가 세워진 무덤 앞에 앉았다. 보드카 마개를 열어 이리저리 뿌리는 이반은 한국의 묘소 문화에 익숙한 듯 보였다.

『장성한 손자까지 있고. 조금 있으면 증손자도 보겠어. 베로니카와 윤환이 이어졌더라면 내 증손자기도 했을 텐데 말이야. 하하하.』

세월에 대한 한탄. 고인에 대한 그리움을 전하는 이반의 모습을 뒤에서 묵묵히 지켜보던 민호는 문득 과거에 할아버지가 어떤 식으로 돌아가셨는지 궁금해졌다.

[할아버지의 무덤을 보고 울적해졌습니다. 본인은 '센티한' 감성에 푹 젖어 있다고 느낄지 모르지만, 주변에선 '찔찔이'라 여길 만큼 여린 감수성이 폭발…….]

"이크. 은하 씨, 이거 받아요."

민호는 손에 쥐고 있던 액자를 서은하에게 넘기고 고개를 휘저었다.

"어머, 민호 씨. 울적해요?"

"아니요."

"여기 색이……."

"그거 반쯤은 과장이에요. 너무 믿지 말아요."

생각해 보니, 할아버지는 자신을 추억하는데 자신은 할아버지를 추억하지 못했다.

어째서일까? 단지 어릴 때 일이라서?

액자를 처음 건드렸을 때는 분명 매우 유쾌하게 자신과 놀아주었던 광경을 보았다.

'아버지는 어디 계실까?'

위치가 궁금해진 민호는 고창순에게 문자를 넣었다.

「칸」─용유동 해안도로.

나란히 질주하던 바이크 두 대가 방파제 옆에 정차했다.

"도로 끝내주지 않습니까?"

"임 기수 말이 맞군."

"조금만 쉬었다가 나머지도 마저 달려요."

"그러지."

월미도라는 곳의 선착장에서 배를 타고 도착한 이 섬의 도로는 인적도 드문 데다 매우 곧게 쭉 뻗어 있었다. 가히 달리기에는 최적의 장소라 할 수 있었다.

"이 투구."

칸은 거치적거리는 존재로만 여겼던 라이더의 투구, 헬멧을 착용 중이었다.

"확실히 효과적으로 바람을 차단하는군."

"당연하죠. 백 이상 밟으면 눈물 쏟아져서 헬멧 없으면 못 버텨요."

기마의 최고 속도는 아무리 천하의 준마라 해도 이 시대의 속도로 시간당 80㎞에 못 미친다. 그러나 이 바이크는 10초

이내에 순간 가속도만 100㎞에 육박할 수 있었다. 그렇게 속도를 올려 준마의 두 배에 달하는 지점에 도달하면 몸의 매우 작은 부분조차 거센 바람의 저항과 맞부딪혔다.

'그 기분은 이루 말할 수 없이 훌륭해.'

초원에 묻혀 흙이 되었을 수없이 많은 기마병에게 이 감각을 전해주고 싶었다. 어제오늘 빠르게 달린다는 느낌을 즐기고 보니, 이 세계는 아직 흥미로운 것들이 널려 있을 것이란 기대도 들었다.

"갈까요? 을왕리 쪽에 끝내주는 국밥집 있습니다."

"국밥?"

임 기수의 바이크를 건드린 이후, 바이크에 대한 지식은 끊임없이 샘솟는 데 반해 일반적인 문화에 대한 지식은 또 깜깜무소식으로 돌변했다.

"뼈를 푹 과서 우려낸 국물에 고기를 듬뿍 넣은 한국식 요리입니다."

"허르헉 같은 거군."

시동을 건 바이크 두 대가 다시 쭉 뻗은 해안도로를 달리기 시작했다.

부드럽게 속도를 올리던 도중, 칸은 저 뒤에서 급속도로 가까워지는 기계 수레를 발견했다. 자동차라는 운송수단. 네 발이 달렸다는 것으로 보면 또 다른 기마라 불러도 무방하나, 거대한 몸집에 비해 속도만큼은 바이크와 쌍벽을 이룰 정도였다.

「임민기」−용유동 해안도로.

빵빠앙─!

말이 달리는 로고가 박혀 있는 스포츠카가 뒤쪽으로 바짝 다가왔다. 신경을 거슬리게 하는 클랙슨까지 계속 울려댔다.

헤드라이트를 쉴 새 없이 깜박이며 비키라는 의사를 표하는 스포츠카에 임민기는 이틀 전부터 계속 붙어 다닌 미행 대상에게 피하자는 신호를 보냈다.

속도를 줄이며 갓길 쪽으로 방향을 틀자 칸도 뒤를 따라 속도를 줄였다. 앞으로 나선 스포츠카가 임민기의 옆으로 다가오더니 창문이 열렸다.

"개념 챙기면서 달려라. 여기가 어느 구역이라고."

운전자의 외침에 임민기는 씁쓸히 고개를 흔들었다.

영종도와 용유도를 잇는 인천공항 남측 해안도로는 밤이면 자동차 폭주족들의 경기장으로도 은밀히 애용되는 장소였다.

'하여튼 운전하는 것 중에 정신 나간 놈들 많아. 여기가 너희 도로냐?'

임민기는 칸 쪽으로 고개를 돌렸다.

'이런 거 보면 천상 라이더구만. 창석 형님은 왜 그렇게 경고하신 건지 모르겠어.'

다시 도로로 복귀해 달리는데, 이번에도 뒤편에서 스포츠카가 접근해 왔다. 거칠게 속도를 올린 스포츠카는 중앙선을 침범해 추월하며 위협적으로 앞으로 사라졌다.

거의 100㎞의 속력으로 달리고 있는 자신들보다 훨씬 빠른 속도라는 건, 죽음을 담보한 광란의 질주 중이라는 뜻이었다.

해는 거의 저물었다. 임민기는 저런 놈들이 더 많아질 것 같아 서둘러 목적지가 있는 해변가로 움직여야겠다는 생각을 했다.

그렇게 오 분여를 달렸을 즈음.

부아아앙!

후방에 차량 두 대가 나타났다.

레이스를 즐기듯 차선을 무시한 채로 오가는 꼴이 매우 위험해 보여 임민기는 갓길 쪽으로 다시 한 번 방향을 유도했다.

속도를 줄이는 임민기의 옆으로 칸이 다가왔다.

"임 기수. 저자들 위험하지 않나?"

"그냥 정신 나간 놈들이에요. 신경 쓰지 마세요."

헬멧 안쪽으로 보이는 칸의 눈이 번뜩였다.

"기수 중에 정신 나간 놈이 존재해선 안 되지."

"네?"

부우우웅—!

칸이 순식간에 속도를 높여 도로 중앙을 달리자 다가오는 차들이 경적을 요란하게 울리며 난리를 피워댔다.

"뭐하시는⋯⋯."

그 순간 임민기는 알 수 있었다. 고창순이 왜 미행 대상에게 가까이 다가가지 말라고 했는지, 그 이유를.

돌진해 오는 차량 틈으로 바이크를 몰고 있던 칸이 그대로 뛰어올랐다. 오른편 차량의 보닛에 쿵, 떨어진 칸이 손에 쥐고 있던 만곡도를 그대로 바닥에 꽂아버렸다.

엔진 이상이 생긴 차량의 시동이 꺼지며 속도가 팍 줄어들었다. 그와 동시에 반대편 차량으로 뛰어든 칸은 똑같이 보닛에 만곡도를 밀어 넣었다.

끼이이이익!

차량 두 대가 도로를 미끄러지며 급정거했다.

빙글빙글 도는 차량 위에서 만곡도에 의지해 균형을 잡고 있던 칸은 주인을 잃고 직선 주행 중인 바이크 위에 다시 뛰어올랐다.

헬멧 쉴드를 들어 올린 임민기는 자신의 눈을 한참 비벼야 했다.

"······나 지금 뭘 본 거냐."

헐리웃 영화에서도 저런 말도 안 되는 액션은 나오지 않는다.

'이거 뭐 어떡해야 해? 신고해?'

폭주 차량을 손봐 준 이유란 것도 너무 단순해서 경찰에 얘기한다고 믿어 주리란 생각이 들지 않았다.

도로를 양쪽에서 막고 있는 차량 덕분에 뒤이어 질주 중인 스포츠카도 그대로 멈춰 버렸다.

"사고? 운전 수준 하고는. 이 새끼들아 얼른 비켜! 이게 얼마짜리 내기인데!"

창문을 열고 소리치는 운전자의 옆으로 바이크를 멈춘 칸이 서서히 걸어왔다.

"넌 또 뭐······."

콰직.

차량의 엔진에 아무렇지도 않게 칼을 박아 넣는 헬멧 사내의 모습에 소리치던 운전자는 사색이 되어 버렸다. 차의 엔진이란 건 관통당했다고 해서 쉽게 폭발하지 않는다. 디젤과 휘발유는 폭발성이 없기에. 그러나 사람과 마찬가지로 죽는 건 똑같았다.

칸이 운전자에게 다가와 낮은 목소리로 말했다.

"이 기마의 울음소리는 그럭저럭인데 네 목소리는 돼지가 멱을 따는 것만 같군. 똑같이 심장을 관통당하기 싫으면 침묵하는 편이 좋을 거야."

부우웅. 부웅.

단체로 내기 질주 중이던 폭주 차량이 연이어 도착했다. 그리고 도를 손에 든 정체불명의 헬멧 사내에 의해, 달려 있는 엔진이 모조리 그 생을 마감했다.

"도, 돌아버리겠네."

한참 뒤에서 그 광경을 목격 중이던 임민기는 그대로 바이크의 방향을 돌려 반대편으로 도주하기 시작했다.

「강민호」-H 호텔 컨벤션 홀.

'몽골 유적의 가치와 현대적 의미 재조명'이라는 글귀가 적혀 있는 문 앞. 민호는 안쪽에서 벌어지는 기자회견에 귀를 기울이고 있었다.

문화부 기자들이 잔뜩 모여 있는 세미나장에는 이반 교수와 콜린 협회장이 나란히 앉아 질의 · 응답 시간을 갖는 중이었다.

고창순에게서 올 연락을 기다리느라 자신 대신 올라간 서은하는 눈이 마주치자 생긋 웃어 보였다.

'음.'

다 좋은데, 통역을 그녀가 담당한 까닭에 기자들의 카메라가 죄다 그녀를 향해 있다는 것이 문제였다.

"교수님께 고고학은 어떤 의미입니까?"

기자의 물음에 이반 교수가 답을 하고, 서은하가 실시간으로 그것을 통역했다.

"과거가 '옛날'인 까닭은 우리가 지금 서 있는 이 자리에서 과거를 돌아보기 때문이죠. 저는 '옛사람'의 눈을 갖고 그것을 현재처럼 보고 싶었습니다. 물론, 고고학적 지식이 미천했던 초기에는 타임머신을 타고 과거로 갈 방법부터 찾아보는 게 더 빠르겠다 싶어 물리학과를 숱하게 드나들었지만 말입니다."

농담의 어조까지 정확하게, 복잡해 보이는 단어도 서은하의 입을 통과하고 나면 조리 있고 논리적인 말처럼 느껴졌다.

'잘 어울려 보인단 말이지.'

꿈이 외교관이니만큼, 온갖 매력을 발산하던 드라마 속 그녀보다 훨씬 아름다워 보이기까지 했다.

"어떤 사물을 '옛것'이라고 부르는 행위. 과거의 시간을 되새겨 보려고 애쓸 때는 우리가 쓰는 낱말까지도 걸림돌이 됩니다. 이번에 발굴한 칸의 투구를 우린 유물이라 말하지만, 칸은 이것을 그저 투구로 여기고 사용했어요."

처음에는 서은하의 화제성에만 관심을 쏟던 기자들이 이반 교수의 고고학에 관한 철학에 더욱 집중하게 된 것도 전부 저 매끄러운 통역 덕분이었다.

유심히 강당을 지켜보던 민호의 시선 속으로 불편한 심기를 있는 그대로 드러내며 이반 교수를 쏘아보고 있는 콜린 협회장의 모습이 들어왔다.

상당히 열을 받았다는 것은 표정만으로도 알 수 있었다.

'칸의 도가 사라진 걸 아셨나 보네. 어쩔 수 없었어요. 그게 아버지 몸을 훔쳐 도망쳐 버렸다고요.'

지이잉.

생각 중에 기다리던 전화가 와 민호는 문 뒤로 걸어갔다.

"……차, 차를 공격해요?"

홀 입구에서 휴대폰을 귀에 대고 있던 민호는 벌린 입을 다물지 못했다.

─후배가 살 떨려서 더는 못 따라 다니겠다고 합니다. 그래도 인천공항 쪽에 묶여 있어 오늘 내로 나오지는 못할 거라고 하네요. 바이크로는 영종도로 통행하는 고속도로를 통과 못 하거든요.

"알겠어요, 고 과장님. 이반 교수님도 계시니까 이제부터는 제가 알아서 할게요."

ㅡ혹시 모르니 후배 번호를 보내드리겠습니다. 얘도 배가 끊겨서 거기서 못 나오고 있어요.

통화를 끝마친 민호의 안색은 어두워졌다.

아버지의 몸을 사용 중인 칸이 또 폭주족을 제압했다. 이번에는 오토바이가 아니라 부자들만 탄다는 외제차 폭주족을 말이다. 재빠르게 기사를 검색해 보니, 영종도 10중 추돌이라는 속보가 조금씩 떠오르고 있었다.

'추돌로 정리되는 건 다행이지만.'

어째 아버지가 점점 범죄자의 길로 빠져드는 것만 같았다.

기자회견이 끝났는지 문 안쪽에서 발걸음 소리가 들려왔다. 민호는 곧장 강당으로 가 서은하에게 눈짓했다. 이반 교수는 콜린과 대화를 나누고 있는 탓에 부를 수가 없었다.

민호의 표정이 굳어 있는 것을 본 서은하가 물었다.

"연락받았어요?"

고 과장에게 들은 말을 그대로 전해주자 서은하도 입을 벌렸다.

"아버지 행방이 오리무중이에요."

"어, 어떡해요?"

민호는 이럴 게 아니라 나침반을 이용해 얼른 찾아가 봐야겠다는 생각에 움직이려 했다. 그러나 대책 없이 접근하면 위험해지는 것은 똑같았다.

"일단……."

이반 교수 쪽을 살피던 민호는 홀 입구에 나타난 양복 사내들을 보고 멈칫했다. 반지로부터 따뜻한 기운이 흘러나오며 수상하다는 감을 전해왔다. 경호원 복장이었으나 척 봐도 딱딱한 분위기에 이질감이 느껴졌다.

뭔가 대화를 나누고 있기에 점자시계를 터치했다.

'중국어네.'

대장군의 검을 손에 들고 있다면 알아들을 수 있겠으나, 그것은 지금 밴에 고이 모셔져 있었다.

"아, 은하 씨. 혹시 중국어도 가능해요?"

"그런 거 같아요."

"저기 입구에 보이는 두 사람이 하는 대화 좀 통역해 줘요."

민호가 점자시계를 서은하의 손목에 감았다. 가만히 듣고 있던 서은하가 말을 이었다.

"……위치를 찾았다. 정확하진 않으나 공항 쪽 도로에서 목격한 정황을 포착."

'어? 혹시 아버지 얘기?'

"콜린은 칸의 도를 원하고 있어. 가치로 환산하면 수백억. 위에선 포기할 수 없…… 아……."

서은하가 움찔 놀랐다.

"민호 씨……."

"왜 그래요?"

서은하는 두 사람이 나눈 대화 마지막 부분을 민호에게 들려주었다.

─위에선 포기할 수 없다는 입장이야. 대신 강윤환이라는 자를 붙잡아 넘기는 것으로 협상을 유도하도록 명령했어.

민호는 자신 말고도 칸을 노리는 자가 있다는 사실에 놀라지 않을 수 없었다. 강씨 집안의 안위를 위해선 반드시 파괴해야 할 유물이 누군가에겐 엄청난 보물이 될 수 있다는 것은 이반에게 전해 들은 사실로 충분히 유추해 볼 수 있었다.

비숍의 손거울을 손에 쥐자 중국 쪽의 거물, 삼합회 같은 지하세계의 조직이 끼어들 가능성까지 예측해 왔다.

'가만히 있을 순 없어.'

이반 교수가 강당에서 내려왔다. 콜린의 껄끄러운 시선을 등에 안고 있던 이반은 민호에게 밖을 가리켜 보였다. 걸어 나가며 이반이 말했다.

『아무래도 문제가 생긴 것 같네. 콜린이 고고학회의 2차 발굴권을 중국 기업에 넘겼어. 모종의 거래가 있었던 것 같아.』

『저도 드릴 말씀이 있어요.』

복도를 나선 민호도 영종도 쪽에서의 일을 이야기했다. 이반의 안색이 어두워졌다.

『이 이상 칸이 독자적으로 움직인다면 윤환의 입지도 위험해지겠어. 정, 재계의 큰손이 연루되면 윤환 혼자 감당하기 힘들어질걸세. 중국의 고고학계가 가진 역사적 유물에 대한 욕심은 이쪽 세계에선 골칫거리거든.』

서은하는 걱정이 가득한 눈으로 민호의 손을 붙잡았다. 민호는 그녀의 손을 가만히 토닥이며 이반에게 물었다.

『아버지가 유물을 파괴하셨을 때 말이에요. 액자와 유물 하나만 들고 가셨다고 하신 말씀 분명한 거죠?』

『그럼. 5년 전이었지만, 아직 기억에 생생해.』

민호는 회중시계를 들어 올렸다. 째깍거리는 소리와 함께 10분의 미래가 훤하게 머리를 스쳤다.

'대장군의 검을 활용할 수 있게 되면서 대략 과거의 아버지 수준에 근접한 것 같아. 할아버지의 액자가 어떤 작용을 할지 몰라도 특수유물을 상대하는 데 큰 도움을 주는 건 확실할 거야.'

수많은 고민을 해보던 민호는 동원할 수 있는 모든 유물과 유품. 애장품을 죄다 끌어모아 보는 수밖에 없겠다는 결론에 도달했다.

"공 매니저님! 밴을 준비해 주세요!"

민호는 로비 쪽에 서 있던 공 매니저에게 이렇게 소리친 뒤에 이반을 보았다.

『가봐야 할 것 같습니다.』

『이대로 칸과 대면할 생각이군.』

『네. 아버진 교수님의 의견을 듣고 제가 알아서 행동하길 바라셨거든요.』

『콜린 동향은 내가 파악하고 있겠네.』

이반은 너무 걱정하지 말라는 듯 민호를 안심시키며 어깨를 두드려 주었다.

"움직여요, 은하 씨."

민호는 서은하를 돌아보았다.

"어디로요?"

"일단은 여기저기."

"밖에 기자들이 잔뜩 있어요."

회중시계로 본 10분을 참고해, 민호는 기자들의 시야가 닿지 않는 길로 서은하를 이끌었다.

「서은하」─서울시 외곽 순환도로.

클래식카의 조수석에 앉아 있던 서은하는 운전 중인 민호를 보았다가 의자 뒤에 잔뜩 실려 있는 수많은 물건에 고개를 돌렸다.

'이게 다 애장품이란 말이지?'

호텔을 나와 숙소로 직행한 뒤, 이 차를 타고 부지런히 움직인 곳은 민호가 방송 활동을 하며 알게 된 지인이 있는 장소들이었다.

민호는 그들에게 팬을 위한 셀프카메라를 촬영 중이라며, 과거에 유용하게 활용했던 것들을 마구 빌려댔다. 민호에게 호감이 가득한 그들은 묻지도 따지지도 않고 애장품을 빌려주었다.

임소희 사장님의 만년필, 이상건 씨의 통기타, 윤이설의 하모니카…… 액션스쿨에 들러 스턴트 도구처럼 보이는 보호구까지 빌렸을 때, 서은하는 왜 이리 중구난방으로 열심히 모으는 것인지 궁금해져 물어보았다.

"정신적으로든 육체적으로든 칸에게 밀려선 안 되니까요. 칸의 시대에는 그가 최고였을지 몰라도, 이 시대 전문가들의 힘이 전부 모이면 모르죠. 그도 깜짝 놀랄걸요?"

서은하는 이 말에 그녀의 집에 들어가 아빠의 스포츠 수집품까지 죄다 가지고 나왔다.

클래식카가 사거리를 지나자 민호가 전방을 눈짓했다.

"여기에요. 저 울타리 너머. 완전 시골집이죠?"

곧 서은하의 시야로 푸른 지붕을 가진 이층집이 들어왔다. 민호의 고향집은 달빛 아래 상당히 고풍스러운 정취를 뽐내고 있었다.

"집이 예쁘네요."

"이런저런 추억이 많은 곳이죠. 들어가요."

차가 멈추고 민호가 내려섰다. 현관의 키를 돌려 문을 연 그는 즉시 서재로 뛰어갔다.

가방에 무언가를 담아 나온 민호가 막 현관에 들어선 서은하 앞에 섰다.

"은하 씨."

"네."

"다녀올게요."

스케줄을 나가는 듯 덤덤한 그의 말투. 서은하는 말없이 고개를 끄덕였다.

이번에는 함께 갈 수가 없다는 걸 직감적으로 느끼고 있었다. 위험도 위험이지만, 칸에게 접근하려면 액자를 손에 들고 있어야 한단다. 그 인원은 한 명뿐.

"이토록 많은 지원군이 함께 가니까, 칸 정도는 쉽게 상대할 수 있을 거예요."

자신을 안심시키기 위한 민호의 음성에 서은하는 금방이

라도 눈물이 차오를 것 같아 숨을 꾹 참았다.

"이리 와요."

눈시울이 붉어진 채로 서은하가 말했다. 민호가 다가오자 서은하는 그의 탄탄한 가슴에 살며시 머리를 기댔다.

"위험할 것 같으면 피해요. 다칠 것 같으면 도망치고."

언젠가 민호에게 들었던 말을 머뭇머뭇 잇는 서은하에 민호는 빙긋 웃었다.

"그럴게요. 저 믿죠?"

끄덕끄덕하는 서은하의 입술에 가볍게 입을 맞춘 민호가 차로 걸어갔다.

"문단속 잘하고 있어요. 아, 내 방에서 성적표나 앨범 같은 거 훔쳐보지 말고요. 농담 아닙니다."

「강민호」-북인천 IC, 영종대교.

라디오에서 붉은 빛이 반짝였다.

-경고. 드라이버의 복장과 상태가 운전에 적합하지 않습니다.

"알아, 알아. 조금만 더 이러고 있을게."

민호는 스턴트 목보호구와 장갑을 착용하고, 축구화를 신고, 등에 라켓을, 무릎에 기타와 하모니카를 대고 가슴 안쪽의 주머니엔 소형 애장품을 잔뜩 품은 괴상한 차림으로 운전

중이었다.

이제는 잠시 접촉하는 것만으로도 한동안 사용 가능했기에 택한 방법이나, 그 효과는 장담할 수가 없었다.

'상대가 상대니 만큼.'

각종 애장품의 경험과 지식이 물밀 듯이 밀려 들어와 혼란스러운 와중에도 정신을 똑바로 차릴 수 있는 것은 다분히 대장군과의 목숨을 건 훈련 때문이라는 생각이 들었다.

아버지의 서재에 굴러다니던 유품은 생각보다 많지 않았다. 아마도 비밀 금고에 잔뜩 모셔져 있으리라. 민호는 입구조차 찾을 수가 없었다.

바다 위의 다리를 건너자 인천공항으로 가는 쭉 뻗은 대로가 나타났다.

속도를 조금 줄인 민호는 오른손을 뻗어 조수석에 굴러다니는 나침반을 쥐었다.

'공항 쪽은 아니고.'

칸의 위치를 가늠하는데 휴대폰이 울렸다. 억지로 팔을 내려 주머니에 있던 휴대폰을 꺼내 귀에 댔다.

"네."

─강민호 씨!

급박한 음성에 번호를 확인하니 아버지를 미행 중이던 고 과장님의 후배였다.

'임민기라고 했던가?'

―어디 십니까? 지, 지금 그자가 저를 따라오고 있습니다.

민호는 나침반이 가리키는 방향을 보고 칸이 해안 방조제 근처에 있음을 파악했다.

"제가 고속도로를 타고 있어서 바로 방조제까지 가긴 힘들고, 출구 쪽 도로에서 뵐까요?"

―멈출 수가 없습니다. 미쳤어요. 이 사람. 밤새 날 찾아 이곳을 돌아다닌 것 같습니다. 대체 왜……

콰과광―!

―뭐야!

"이봐요!"

갑자기 들린 굉음에 움찔한 민호에게 비명 같은 임민기의 음성이 날아들었다.

―저놈들은 또 뭔데? 이젠 사람도 안 가리고 마구 공격이야? 미친다, 내가.

"공격?"

「임민기」―영종도 해안남로.

해가 저문 뒤, 아침까지 칸을 피해 영종도를 헤매고 있던 임민기는 도로 반대편에서 마주친 그자를 보고 안색이 변했다. 자신을 보자마자 바로 방향을 튼 칸은 쭉 뻗은 대로에서 급가속해 뒤꽁무니에 붙었다.

－임 기수.

거친 배기음을 뚫고 칸의 나직한 음성이 귀를 파고들었다. 소름이 끼친 임민기가 진저리를 치며 외쳤다.

"기수는 무슨. 저리 가시라고요!"

며칠 전, 폭주족들의 바이크를 가볍게 끝장내 버린 칸의 모습이 떠올라 임민기는 다급히 헬멧에 달린 통신기 버튼을 조작했다. 몇 시간 전 마지막으로 통화했던 상대의 휴대폰으로 신호가 갔다.

"어디십니까?"

강민호의 통화하는 동안, 칸의 바이크는 배기량을 비교하면 말도 안 되는 퍼포먼스를 선보이며 따라붙었다.

임민기는 사이드미러를 통해 점점 다가오는 그의 모습에 심각한 압박을 느꼈다. 감히 하야부사와 직선주로의 속도 싸움에서 밀리지 않는 저 바이크도 진짜 괴물 같았다.

'응?'

그러다 회색 SUV 한 대가 칸의 뒤편을 바짝 쫓아오는 광경을 목격했다.

"……출구 쪽 도로에서 뵐까요?"

"멈출 수가 없습니다. 미쳤어요. 이 사람. 밤새 날 찾아 이곳을 돌아다닌 것 같습니다. 대체 왜……."

뒤에 있던 칸이 갑자기 속도를 줄이더니 회색 SUV의 엔진에 칼을 꽂아 넣었다.

"뭐야!"

콰과광!

SUV가 벌렁 뒤집히며 도로 위를 나뒹굴었다.

임민기는 경악했다.

"저놈들은 또 뭔데? 이젠 사람도 안 가리고 마구 공격이야? 미친다, 내가."

뒤집힌 SUV를 이어 똑같은 차량이 또 따라붙었다. 칸을 위협하듯 속도를 올리는 SUV에 임민기도 엑셀을 있는 힘껏 당겼다.

두 대의 바이크와 한 대의 SUV가 질주하는 해안 도로 위.

임민기는 이 정신 나간 질주를 끝낼 방법을 찾기 위해 필사적으로 전방을 주시했다.

좁은 국도 위의 고속주행으로는 한계가 있었다. 차라리 경찰의 추격을 받는 편이 낫겠다는 판단에 인천대교를 건너는 외곽 도로로 방향을 꺾었다.

'제2경인고속도로'라는 표지판이 바이크 옆을 스치고 지나갔다. 흘끔 사이드미러를 보니, 칸 역시 그대로 자신의 뒤를 이어 영종 IC에 진입했다.

고속코너링이 불가능할 정도로 급격한 원을 그리는 진입로였기에 바이크의 속도가 팍 줄어들었다. 그사이 전혀 폭주족 차량으로 보이지 않은 회색 SUV도 함께 따라붙었다.

"내버려 두라고, 좀!"

비명 같은 외침을 듣는지 마는지, 칸의 코너링은 자신보다 매끄러웠다. 선수 수준에 육박하는 칸의 무게중심 이동기술에 바이크는 점점 가까워져, 불과 30미터 정도의 거리밖에 남지 않았다.

─들려요?

"강민호 씨?"

─아래쪽. 놀라지 마세요.

"무슨……?"

부아아앙─!

고속도로 진입구간의 방지턱 밑에서 클래식카 한 대가 갑자기 튀어 올랐다. 텅, 하고 정면의 비좁은 진입로 위에 올라선 차량의 바퀴에서 흙먼지가 잔뜩 피어올랐다.

척 봐도 길이 아닌 곳을 마구잡이로 달려온 듯한 클래식카는 비상 깜박이를 키며 임민기에게 신호를 보내왔다.

─제가 뒤를 막을 테니 옆으로 추월해 가세요.

"추월? 이렇게 빡빡한 코너를……."

끼이익!

전방의 클래식카가 특이한 미끄러짐을 보이더니 왼쪽 사이드가 번쩍 들렸다.

'으잉?'

임민기는 의도치 않았으나 들린 차를 비켜 지나가 순식간에 추월해 버렸다.

곡예 운전을 끝낸 클래식카가 방향을 틀어 도로를 간단히 막아섰다. 사이드미러에 시선을 던지니 봉쇄당한 도로 저편에서 칸이 속도를 확 줄이는 것이 보였다.

'휴.'

한숨을 돌린 임민기는 이대로 고속도로에 들어서기보단 옆으로 빠질 방법을 찾기 위해 멀찌감치 거리를 벌린 채로 속도를 줄였다. 그리고 진입로 쪽의 클래식카를 지켜보았다.

"어……"

임민기는 차에서 걸어 나온 청년이 시퍼런 날이 선 검을 들고 있기에 신음을 삼켜야 했다.

'뭐하는 작자들이야?'

「강민호」-영종 IC 진입구간.

민호는 대장군의 검을 손에 쥐고 차에서 뛰어 내렸다. 바이크에 타고 있던 칸은 앞을 막아선 자신을 보고 의아한 시선을 보내왔다.

"넌? 멀리 도망이라도 칠 줄 알았더니."

"아버지 몸을 놔두고 그럴 수야 없죠."

검은 기운이 이글거리는 눈길이 천천히 자신을 훑어왔다.

"지난번의 교훈은 잊은 건가?"

"그 교훈 때문에 고생은 좀 했어요."

그러나 전처럼 숨 막힐 듯한 기분은 느껴지지 않았다.

'액자의 효과는 확실해.'

민호는 칸의 뒤편에 멈춰선 회색 SUV에 시선을 던졌다. 점자시계를 터치해 안쪽의 동향을 살펴보니 칸의 도를 노리는 자들이 분명했다. 이곳까지 오면서 동료 하나의 차량이 파손된 모양이었다.

칸도 SUV의 접근에 힐끔 뒤를 보았다.

"저것들은 자꾸 귀찮게 구는군. 기다려 봐."

만곡도를 손에 쥐고 바이크에서 내린 칸이 그대로 차를 향해 달려들었다.

'이런.'

불가피한 충돌은 어쩔 수 없다 해도, 윤환이 수습할 수 없는 사태는 막아야 했다. 민호 역시 대장군의 검을 손에 쥐고 앞으로 달렸다.

다다다닥.

회색 SUV의 지붕으로 하늘에서 뚝 떨어지듯 칸이 쾅, 뛰어내렸다. 차제가 마구 흔들리자 안쪽의 두 사내는 움찔 놀랐다.

『리우, 칼 꺼내!』

총기 규제가 심각한 한국에 매우 급히 투입된 터라 가져온 무기는 군용 칼뿐이었다. 그러나 칼을 손에 쥔 두 사내는 차제 지붕을 종잇장처럼 찢어발기는 만곡도의 위엄에 일순 얼어붙어야 했다.

『이자 대체 뭐야?』

『저, 전사?』

두 사내는 섬뜩하게 빛나는 만곡도가 하늘 위로 들려진 것에 공포감에 젖어들었다. 단지 유물을 훔쳐간 도둑이라고 들었을 뿐, 이런 괴물 같은 대상이라는 정보는 전혀 없었다.

"저녁부터 내 주행을 꾸준히 방해한 대가를 치러야겠어."

칸이 만곡도를 내리찍는 찰나, 그것을 쳐내는 섬광 하나가 있었다.

차앙—!

청량하게 느껴질 정도의 쇳소리가 사방으로 퍼져 나갔다. 눈을 감았던 두 사내는 차갑게 빛나는 검날이 머리 위를 가로막고 있는 광경에 움찔 놀랐다.

민호는 중국어로 빠르게 말했다.

『살고 싶으면 도망쳐. 두 번은 나도 못 막아 주니까.』

튕겨 나갔던 칸이 성난 얼굴로 달려드는 것이 보이자 운전석의 사내가 급히 후진기어를 넣었다.

끼이이이!

지붕이 반쯤 뜯겨나간 회색 SUV가 부리나케 도주하는 것을 바라보던 민호는 전방에서 다가오는 칸의 만곡도에 시선을 두었다.

새파란 귀기가 가슴을 관통하는 듯한 기분에 민호는 이것이 대장군의 찌르기와 동급, 혹은 그 이상의 괴력을 지닌 베기라는 것을 파악했다. 그러나 마음은 이상할 정도로 침착했다.

요원의 경험인지, 익스트림 스포츠 전문가의 깡인지 모를 도전적인 의지가 민호를 굳게 다잡았다.

'움직여!'

다리를 굽혔다가 옆으로 점프하며 몸을 비트는 동작에 이어 칸의 만곡도가 그리는 곡선의 중심부를 찔러가는 반격이 이어졌다.

만곡도와 대장군의 검이 겹쳐지는 그 접점에서 다시 강렬한 쇳소리가 울렸다. 뼈가 시큰해질 정도의 충격과 함께 뒤로 밀려 나간 민호는 가까스로 균형을 잡고 칸을 보았다.

칸의 전신에서 아지랑이처럼 피어오르고 있는 저 검은 기운에 더는 휘둘리지 않았으나, 그렇다고 윤환을 되찾을 방법을 찾은 것은 아니었다.

'이제 어떻게 해야 하는 거죠, 아버지?'

대치 상태로 민호를 직시하던 칸이 입을 열었다.

"흠, 이상한 일이야. 네 분위기가 달라졌어."

"든든한 원군을 잔뜩 데려왔거든요."

"원군?"

민호는 검을 들어 중단의 자세를 잡았다. 붕붕이 안에 가득 들어 있는 애장품들의 여운이 부디 저 괴물 같은 상대의 압박에서 벗어날 수 있게 해주기를 간절히 빌며.

"아버지! 저 왔어요! 이번 일 잘 해결하면 아시죠? 세상에 공짜는 없습니다!"

당당히 소리치는 민호. 칸의 시선이 달빛 아래 새하얀 빛을 내뿜고 있는 대장군의 검을 향했다.

"보통 무기가 아니야. 어째서 나와 비슷한 기운이 느껴지는……."

갑작스레 칸의 안색이 변했다.

"……너는 ……사라지지 ……않았……."

칸의 눈동자에서 순간적으로 검은 압박감이 사라졌다.

"……민호야……."

그러나 칸의 전신에서 흉포한 기세의 기류가 뿜어져 나와

거리를 벌리고 선 민호의 오금을 으슬으슬 저리게 했다.

"내가 이 몸을 완벽히 제어하지 못하고 있었단 말인가?"

혼란스러운 표정을 짓던 칸은 이내 압박감이 잔뜩 이글거리는 시선을 민호에게 보냈다.

"이제 알겠어. 너희 일족은 이 같은 일을 경험하는 것에 익숙했던 거야. 내가 과거를 추억하게 해서 다른 행동을 못하게 막는다? 훌륭한 기만작전이야."

칸의 중얼거림에 민호의 머릿속도 빠르게 돌기 시작했다.

'방금, 아버지였을까?'

민호는 칸이 손에 쥐고 있는 만곡도를 보았다. 안에 아직 살아 계시다는 신호를 보낸 것일지도 몰랐다. 혹시 이때를 기다리고 있던 것은 아닐까 하는 생각도 들었다.

'모든 애장품은 접촉하는 것으로 작용해. 대장군의 검을 만지고 실제 같은 세상을 보았던 것처럼, 저것 역시 기본은 같을지 몰라.'

비숍의 정확한 분석인지 임소희의 과감한 셈인지 모를 추론이 공존하는 머릿속에서, 민호는 정리를 끝마쳤다. 일단은 싸움을 이겨 저 만곡도를 건드려 보는 것이 우선이다.

"오호라. 네 아이는 아직 이런 방어체계가 없군. 미약하지만 그 형체가 느껴져."

"뭐?"

등골이 오싹한 칸의 중얼거림에 민호의 눈이 커졌다.

칸이 땅을 박차고 민호에게 뛰어들었다. 맹렬하면서도 아찔한 기세의 휘두르기에 민호도 전력으로 검을 뻗었다.

카아앙!

부딪힌 검과 도의 칼날에서 불꽃이 번뜩였다.

민호는 몸이 붕 뜨는 느낌이 들었다. 힘으로는 절대 칸의 상대가 되지 않는다.

"크윽."

무려 3미터가량을 날아올라 아스팔트를 데굴데굴 구르던 민호의 귓가로 바이크의 엔진소리가 들려왔다. 도로 한복판을 가로막은 붕붕이의 보닛을 그대로 타고 넘은 칸의 바이크가 앞으로 달려가기 시작했다.

이를 악물고 일어선 민호도 급박하게 뛰어 붕붕이에 올라탔다. 그러나 찌그러진 보닛 때문인지 시동이 걸리지 않았다.

맥없는 엔진음과 함께 시동이 켜질 듯 말 듯 반복하는 동안 칸의 바이크는 저 멀리 사라져 갔다. 칸은 지금 서은하의 배 속에 있는 아이를 노리러 가고 있다.

민호는 고민하다 진입로 끝의 보호펜스 뒤에 몸을 숨기고 있는 임민기에게 시선이 머물렀다.

"이봐요!"

「칸」-인천대교 진입도로.

슈아앙—

칸은 한계점까지 엔진을 가속해 바이크를 채찍질했다.

쭉 뻗은 바다 위의 다리를 최고속도로 질주해 나가는 지금, 앞은 거칠 것이 없었다. 초원을 달리던 때가 떠오를 만큼 기분 좋은 순간이나, 이 기분이 온전히 자신의 것이 아니라는 것에 분노가 치밀었다.

성장이 더뎌지더라도 확실하고 깨끗한 몸을 차지해야 한다.

우웅!

등 뒤의 엔진소리에 칸은 거울에 반짝이는 헤드라이트의 불빛을 감지했다. 고개를 돌리니 대형 바이크가 접근 중이었다.

'임 기수?'

한번 친우가 된 이상 두려워할 필요 없다고 알려주려 했던 임 기수는 자신의 얼굴을 보자마자 하얗게 질려 버렸다.

실력도 좋고 아는 것이 많아 계속 데리고 다니려 했건만 상대가 거부해 포기했는데, 어째서 따라오는 건지 모를 일이었다.

칸은 상대를 살피다 등에 검을 달고 있는 것을 보았다. 임기수가 아니었다. 아까 자신을 공격하던 청년이었다.

'날 두려워하지 않는다고?'

공포심은 백성을 효율적으로 통치하는 수단이다. 인간이라면 누구나 이 공포심이 한계에 달하는 지점이 있다. 그것을 자극하면 백이면 백, 궁지에 몰린 나머지 사고 기능이 멈춰 버리는 수동적인 인간이 되어버린다.

한번 죽음을 경험한 자신은 그런 한계 지점이 없었다.

칸은 용감히 자신을 따라붙는 저 청년에게 묘한 승부욕이 생겼다.

「강민호」–인천대교 상부.

계기판이 시속 200㎞를 돌파하자 민호는 아찔함을 느꼈다. 이 바이크는 임민기의 애장품이기도 했다. 칸이 그를 계속 쫓아온 것은 아마도 바이크를 다루는 경험이 필요했기 때문이라는 생각이 들었다.

왕복 6차선의 뻥 뚫린 고속도로를 지나는 차량은 거의 없었다.

엑셀을 끝까지 당긴다면 시속 300㎞까지 올릴 수 있겠으나 그 상태에서 주행 풍을 버티며 칸에게 달려든다는 건 그야말로 자살행위였다.

칸도 그것을 알았는지 가까이 접근했음에도 별다른 대응 없이 그저 앞으로만 달렸다.

'헛!'

그렇게 생각한 것도 찰나뿐. 칸이 바이크를 거칠게 꺾으며 민호에게 만곡도를 휘둘렀다.

'이크.'

미끄러지듯 옆으로 무게중심을 옮겨 겨우 만곡도의 칼날을 피했다.

끼릭— 끼이익!

다운시프팅과 업시프팅을 유기적으로 잇는 기어 조작으로 칸과의 거리를 벌렸다.

절묘했던 변속 브레이킹이었다고 자찬할 새도 없이, 칸은 바이크가 뒤집히는 건 신경조차 쓰지 않는다는 듯 계속 따라붙으며 만곡도를 휘둘러왔다.

바이크 주인 실력에 스턴트 주행에 익숙한 보호구의 상호작용이 없었다면 결코 불가능했을 회피주행이 연속적으로 이어졌다.

'미치겠네. 어떻게 저런 움직임이 가능한 거야?'

이대로라면 추격은커녕 고속도로를 빠져나가기도 전에 슬립해 아스팔트 바닥에 몸을 갈릴 지경이었다. 달리다 보니 저 멀리 다리 형태의 교각이 보였다. 어느새 인천대교도 중

간지점을 지나고 있었다.

―내게 몸을 맡겨.

환청처럼 들려온 소리에 민호는 고개를 갸웃했다. 그러다 대장군의 검이 한 말이라는 것을 깨닫고 의아한 얼굴이 됐다.

'장군님. 바이크 모실 줄 아세요?'

―필요 없다.

'그게 무슨……'

등에 메고 있던 검에서 뜨끈한 기운이 흘러 나왔다.

그리고 그 순간.

민호는 검을 빼 들고 그대로 뛰어올라 칸의 바이크로 날아 드는 자신의 몸을 지켜보아야 했다. 보호장비라곤 헬멧 달랑 하나.

"으아아아아악!"

사후 세상을 향한 가장 빠른 루트로 다이빙하는 끔찍하고 섬뜩한 순간이었다.

시속 200㎞ 안팎의 속도라는 것이 무색할 만큼 가볍게 칸 의 바이크 뒷좌석에 안착한 민호는 비명을 지르다 말고 그대 로 몸을 숙여 만곡도의 칼날을 피해 태클을 감행했다.

부아아아아―!

칸의 바이크가 비틀거리며 난간 쪽으로 방향을 틀었다.

'이러다 죽어요!'

콰직!

바이크가 난간에 충돌했다.

마치 무중력 상태처럼 붕 떠오른 몸이 바다 쪽으로 솟아오른 그때, 칸의 눈동자에 서린 검은 기운이 또다시 사라졌다.

"강민호!"

윤환이 손을 뻗어 민호의 손을 붙잡았다. 민호는 바다에 추락하는 상태 그대로 반사적으로 만곡도에 손을 올렸다.

「강민호, 강윤환」-ㄲ의 초월 공간.

민호는 현실과 환상이 중첩되는 그 어딘가를 유영하고 있었다. 몸은 분명 바다로 추락 중이건만, 이곳의 시간은 느릿느릿했다.

세상이 빙빙 돈다.

눈에 보이는 공간은 현실이었다가 몽골의 초원이었다가 온통 암흑이었다가 눈부신 빛이었다가를 반복했다.

'이것이 죽기 직전 볼 수 있다는 주마등이구나.'

신기한 경험임에도 불구하고 생각보다 별거 없다는 기분이 들던 찰나. 민호의 몸을 쑥 잡아끄는 손길이 있었다.

"정신 똑바로 차리거라."

어둠이 사라지고 빛이 사방을 밝혔다. 몽롱해졌던 의식이 돌아오는 듯한 기분과 함께 민호는 누군가의 등을 바라보았다.

윤환이 넓은 초원 위에 서 있었다.

"어, 어떻게 된 거죠, 아버지?"

"멍청하긴. 단지 주의만 끌면 될 것을 일을 이렇게 크게 벌여 놓으면 어떡해?"

아버지의 일침에 민호는 움찔했다.

"나름 노력했다고요."

"네가 죽을 뻔했잖아."

"아버지도 위험했어요. 중국 기업의 큰손이······."

"그놈들이 그렇게 무서워 보이든?"

칸에게 당해 오줌을 지릴 것 같은 표정을 지었던 두 남자를 떠올린 민호는 할 말을 잃었다. 윤환에게 그자들이 설치는 행동 따윈 대수롭지 않은 것이 분명했다.

"아까 무슨 얘기를 하시려고 했던 거예요?"

"액자. 그것만 보이면 내가 직접 움직여 칸을 끝낼 수 있었어. 배때기에 그리 칭칭 감고 나타나지만 않았어도."

"깨질까 봐요."

"깨져도 돼. 액자가 아니라 그 안의 사진이 진짜니까. 안 열어 봤어?"

"할아버지가 막 이상한 장난을 걸어 오셔가지고."

"쯧쯧."

윤환은 단지 기다렸던 것이다. 자신이 이반 교수의 말을 듣고 뭐라도 준비해 찾아오는 그 순간을. 이렇게까지 거창한 준비도 필요 없었다는 건 방금에서야 깨달았다.

"어라? 칸은 지금 어디 있죠?"

"필사적으로 도망치는 중. 사진과 검을 꺼내거라."

"어디서 꺼내요?"

생각하는 순간 민호의 손에 사진과 검이 쥐어졌다. 엉겁결에 검을 들어 올리자 대장군의 강철 같은 기운이 단번에 감지됐다.

"칸은 왜 도망을 택한 거죠?"

"쫓기는 처지가 됐으니까. 어찌나 자유로운 영혼인지 정작 자신의 집에는 방벽을 쌓지 않았어."

"그렇게 강했는데……."

"아직도 모르는구나."

"뭐가요?"

"됐다."

윤환은 사방이 확 뚫린 초원뿐인 대지를 가리켰다.

"잘라버려."

"뭘요?"

"아무거나."

민호는 무의식적으로 검을 휘둘렀다.

스윽.

소리도 없이 공간이 갈라지며 저 너머의 모습이 드러났다. 바다 위로 추락 중인 자신의 몸. 그런 자신의 손을 꽉 붙잡고 중심을 잡는 중인 윤환의 몸까지 현실의 모습이 공간에 뒤엉켰다.

스윽. 스윽.

파괴 작업은 생각보다 단순했다. 한참을 휘두르던 민호는 문득 생각나 물었다.

"칸이 그리 움직일 수 있던 건 아버지 몸이 원래 강해서였던 거였어요? 장군님이랑 훈련 며칠 했는데 근육이 이상할 정도로 발달했거든요. 아버진 이런 거 수도 없이 해보셨을 거 아니에요."

윤환은 대답 없이 한곳에 시선을 집중했다.

『그마안―!』

갑작스러운 몽골어에 민호의 고개가 돌아갔다. 칸이 초원 한쪽에 형체를 드러냈다. 윤환이 민호의 어깨에 손을 올렸다.

"신경 쓰지 말고 계속해. 추락 10미터 전에 입수 자세 못 잡으면 너 평생 불구 되니까."

이곳에서 벗어나지 못하면 위험하단 말에 식겁한 민호는

열심히 사방을 베었다.

『멈춰―! 당장!』

비명을 지르던 칸은 믿을 수 없다는 표정으로 윤환을 바라보았다.

『한낱 범인 따위가 어떻게 내 공간을…….』

윤환은 담담히 말했다.

"네 입으로 말했잖아. 이런 일에 익숙한 일족이라고. 그럼 방심하지 말았어야지."

『이노옴―!』

"내세에 들지 못하고 구천에서 떠도는 존재께서는 무슨 아쉬움이 남아 이렇게 아득바득 버티고 있는지 모르겠어. 서둘러, 민호야."

"하는 중입니다!"

이제는 초원보다 현실을 비추는 곳이 더 많아졌다. 서서히 균열을 일으키기 시작한 공간 속에서 칸의 형체가 점점 옅어져 갔다.

"아버지. 입수 자세는 어떻게 하죠?"

"일단 머리는 위로 들어. 칠푼이로 살기 싫으면."

"다리는요?"

"튼튼하길 기도해야지."

"……."

104.
다크 렐릭 라이즈 (6)

풍덩!

민호는 차디찬 바닷물에 정신이 번쩍 들었다. 헬멧은 어디로 벗겨졌는지 보이지도 않았다. 뼈마디 하나하나가 부러지는 듯한 고통이 이어져 비명을 지르다 몸이 더 가라앉아 물만 실컷 먹었다.

오른손에 쥐고 있던 대장군의 검에서 강렬한 기운이 뻗어나와 그나마 몸의 중심을 잡아주었다.

"푸하!"

억지로 수면 위로 헤엄쳐 나오니 저 멀리 윤환이 수영해 움직이는 것이 보였다.

"어?"

왼손에 있던 만곡도가 산산조각이나 으스러졌다. 차량까지 파괴해 버린 그렇게 단단했던 검이 일순간 모래알처럼 부서졌다.

마치 시간의 힘을 이기지 못하고 썩어 버린 것처럼.

깃들어 있던 칸이 사라지자 유물은 한낱 먼지로 돌아버린 듯했다.

아버지와 은하 씨, 아기를 위험에 빠트렸던 물건은 그렇게 바닷속으로 영원히 가라앉았다.

'허탈하네, 이거.'

이런 일을 상식적으로 이해할 수 있는 사람은 세상에 우리 집안밖에 없을 것이다.

"강민호! 얼어 죽기 싫으면 어서 와!"

윤환이 한 방향을 손짓했다.

인천대교 교각 아래, 작업용 선착장으로 보이는 장소에 보트 한 척이 묶여 물결을 따라 저 혼자 까딱까딱하고 있었다.

보트가 인천항에 닿았다.

"선배님!"

임민기에게 연락을 받고 발만 동동 구르고 있던 고창순이 달려왔다. 보트에서 내린 윤환이 고창순에게 말했다.

"창순이 너도 많이 놀랐겠구나."

"아닙니다. 무사하셔서서 다행이에요. 아, 민호 군 차는 민기가 시동 걸어 빼내 오는 중이랍니다."

보트에서 내려 으슬으슬 몸을 떨고 있던 민호는 이 말에 멈칫하지 않을 수 없었다. 바다로 떨어진 아버지의 바이크는 둘째 치고, 임민기의 바이크는 인천대교 어딘가에 처박혀 있을 터.

"고 과장님. 임민기 씨한테 꼭 바이크 망가진 거 보상해 드리겠다고 말씀해 주세요."

민호는 정신없이 질주했던 인천대교를 보았다. 그 난리가 무색할 만큼 알록달록한 네온 빛이 평화로워 보였기에 오히려 안심이 들었다.

며칠간 이어진 소동은 끝났다.

칸은 사라졌으니 이젠 그 피해를 최대한 수습할 시간이었다.

"다 왔다."

윤환의 음성에 잠이 들어 있던 민호는 눈을 떴다.

요란했던 추격전이 마치 꿈이었던 것마냥, 차는 평화롭게 오솔길을 지나는 중이었다.

"어우, 팔이야."

민호는 몸 곳곳에서 찾아오는 근육통에 신음을 흘렸다.

아스팔트를 뒹굴고 다리 위에서 떨어지고. 벌인 짓에 비하면 과한 부상은 아니었다. 대장군의 신비한 가호가 아니었다면 이 정도로 끝나진 않았으리라.

욱신욱신 아려오는 어깨를 주무르며 운전석으로 고개를 돌린 민호는 윤환에게 물었다.

"아버진 괜찮으세요?"

"뭐가?"

"폭주 차량만 10대를 부쉈대요. 엄청 심각하게 움직이셨잖아요."

"별로."

이 와중에도 평소와 다를 바 없는 모습의 아버지는 놀라울 지경이었다. 하다못해 똑같이 바다에 빠졌는데 자신은 물에 빠진 생쥐 꼴인데 반해 아버진 막 샤워라도 끝마치고 온 듯 뽀송뽀송해 보였다.

"에휴."

이 같은 상황은 드라마에서 자주 보았다. 흙먼지를 뒤집어써도 광채를 유지하는 주인공. 뭘 해도 멋질 수가 없는 엑스트라.

"저 자는 동안 사우나라도 다녀오셨어요? 외모 가꾸는 유품이라도 숨기고 계신 거 아녜요?"

"잠이 덜 깼냐?"

이렇게 조용해도 되나 싶을 정도로 적막한 길을 지나, 갈대로 엮은 울타리가 곳곳에 늘어선 작은 마을이 드러났다. 민호가 어린 시절을 보내온 곳. 게임단에 입단해 숙소생활을 위해 떠나기 전까지 15년을 살아온 그 동네였다.

"이해가 안 가요, 아버지."

"또 뭐가?"

"검게 빛나는 유물들 말이에요. 그렇게 위험할지 모를 물건이 있는데 왜 제게 말씀 안 해주셨어요?"

전방에 아담한 이층집이 보여 속도를 줄이기 시작한 윤환이 툭 던지듯 대수롭지 않게 말했다.

"짜샤, 책임은 앞에 나선 사람이 짊어지는 거라고 했잖아."

"그건……."

"당분간 네 와이프만 조심하면, 앞으론 이런 일 없을 거다. 신경 쓰지 말고 너 할 거 하면서 지내. 네 책임은 한 삼십 년쯤 남았으니까."

언제나 쿨한 남자, 윤환은 이 험한 일을 해내는 의무는 자신에게 있다고 말하고 있었다.

"아버지……."

언제쯤 아버지란 벽을 넘어볼 수 있을지 감도 안 오는 민호였다.

"느끼한 눈으로 보지 마."

"사랑합니닷!"

끌어안으려는 민호의 뺨을 오른팔로 밀친 윤환은 혀를 차
며 저리 치우라고 고개를 저었다.

덜덜덜—

보닛이 찌그러져 상태가 썩 좋지 않은 클래식카의 엔진이
꺼졌다. 앞마당에 차를 주차한 윤환은 집을 보더니 고개를
갸웃했다.

"불이 켜져 있네?"

"은하 씨가 있을 거예요. 아까 혹시 몰라서 여기 있으라고
했거든요."

"잘했다. 이참에 정식으로 인사해 둬야겠구나."

도착한 것을 보았는지 현관이 벌컥 열리고 서은하가 달려
나왔다. 먼저 내려선 민호는 물에 빠져 엉망이 된 머리를 샤
샤삭, 뒤로 넘기고 싱긋 웃었다.

"다녀왔어요, 은하 씨."

"민호 씨! 지금 영종도 통제되고 난리가…… 아버님?"

운전석에서 내려선 윤환에 시선이 꼽힌 채 아무 말도 잇지
못하는 서은하. 윤환은 담담한 미소로 별일 없었다는 듯 손
을 흔들어 주었다.

"날이 쌀쌀하구나. 안으로 들어가서 얘기하자꾸나."

무사히 돌아온 부자의 모습에 서은하는 내내 참아왔던 눈

물을 터뜨리고 말았다.

　샤워를 끝마치고 나온 민호는 거실에 앉아 있는 두 사람에게 시선이 머물렀다. 이젠 가족이라는 범주로 구분해야 할 서은하와 아버지가 소파에 앉아 대화를 나누는 중이었다.

　티테이블 위에 놓인 앨범을 들추던 서은하가 재밌다는 듯한 얼굴이 됐다.

　"어머, 민호 씨 어릴 때는 완전 귀공자 스타일이었네요. 귀여워라."

　"유복한 집안 탓에 정작 애는 개념이 전혀 없었지. 놀이방에선 지 잘났다고 굴어 친구도 적었어."

　"민호 씨가요?"

　"싸가지가 없는 편이었거든. 혼자 놀기 좋아하고."

　"안 믿겨요. 지금은 저렇게 따뜻한데."

　욕실 입구에서 머리를 털고 있던 민호는 무슨 얘기를 그렇게 재밌게 나누는지 궁금한 눈길이 되어 고개를 돌렸다.

　시선이 마주친 서은하가 '잘 씻었어요?' 하고 미소가 담긴 눈길을 보내자, 민호는 바보처럼 히죽 따라 웃었다.

　윤환이 그사이 말을 이었다.

　"민호가 성격이 달라진 건 말이다. 이렇게 생각하면 편할 게다. 총명하게 태어났던 애가 불의의 사고로 멍청해진 경우."

서은하가 놀란 눈이 됐다.

"사고? 머, 멍청이요?"

"이런 경우엔 가족들의 보살핌이 무척 중요하지. 새아가. 앞으로 은하라고 불러도 되겠지?"

"그럼요, 아버님."

"은하 너처럼 현명한 사람이 민호 녀석의 옆에 있어서 참 다행이란다. 앞으로도 저 모자란 녀석 잘 부탁하마."

무슨 뜻인지는 모르겠지만, 서은하는 일단 턱을 위아래로 끄덕였다.

수건을 목에 두른 민호는 부엌에서 물을 한 컵 마신 뒤, 시원하다는 표정으로 걸어왔다.

"무슨 얘기를 그렇게 열심히 하고……."

민호는 '꼬추'를 드러내 놓고 찍은 개구쟁이 시절의 사진이 열려 있는 앨범을 보고 안색이 변했다. 자신의 앨범은 치워 놨으나 윤환의 앨범은 거실에 그대로 비치되어 있었다.

"은하 씨, 누, 눈 감아요!"

앨범을 급하게 끌어안고 씩씩거리던 민호는 윤환을 쏘아보며 너무하는 거 아니냐는 눈빛을 보냈다. 윤환은 따뜻한 차가 담긴 머그컵을 손에 쥐며 그런 민호에게 말했다.

"며느리와 시아버지의 어색한 대화 시간에 필요한 물건이었다."

"은하 씨 태교에 안 좋다고요, 이런 거."

"알긴 아는구나."

"으……."

잠시 후.

부엌의 가스레인지 위에서 찌개가 보글보글 끓기 시작했다. 뚝배기에 호박과 두부를 썰어 넣은 서은하가 모락모락 김이 피어오르는 밥을 공기에 담았다.

늦은 저녁을 위해 식탁에 앉은 민호는 식사를 준비 중인 서은하를 바라보았다. 그리고 윤환에게 고개를 돌렸다.

"괜찮으시겠어요?"

"왜?"

민호는 음식 솜씨가 딱히 좋다고는 할 수 없는 서은하의 아침상을 가리켰다.

비뚤비뚤한 계란말이와 볶음인지 무침인지 정체를 알 수 없는 시금치 덩어리, 한쪽에서 끓고 있는 된장이 들어간 어떤 찌개. 고생하고 돌아온 두 사람을 움직이게 할 수 없다고 서은하 혼자 차려 놓은 것들이었다.

"아버님, 민호 씨. 이제 거의 다 됐어요."

서은하가 밥공기를 식탁에 올렸다. 그녀가 레인지의 불을 끄고 찌개를 받침대에 옮기는 동안, 민호는 고개를 갸웃했다.

"이상하네요. 음식을 아예 못하는 건 아닌데. 오늘 많이 놀라서 그런가 봐요."

민호가 낮게 속삭이며 서은하를 두둔하자 윤환은 지을 듯 말 듯한 웃음을 머금었다.

서은하가 찌개를 식탁에 두었다.

"시장하시죠? 차린 건 없지만, 많이 드세요."

윤환은 숟가락을 들었다.

"맛있을 것 같구나."

"아녜요, 아버님. 입맛에 맞을지 걱정인걸요."

민호는 까칠한 아버지가 은하 씨에게 만큼은 친절이 도를 지나친 거 아닌가 하고 속으로 고개를 흔들었다. 자신이 라면 물을 제대로 못 맞춰 끓여 왔을 때는 젓가락을 탁 내려놓고 다시 끓여오라고 하던 분이었는데.

이런저런 생각과 함께 민호가 찌개를 한 숟가락 떠 입에 넣은 그때.

"우와."

구수한 토종 된장에 신선한 채소로 우려낸 시원한 국물이 일품인 찌개가 민호의 목을 타고 넘어갔다.

생긴 것에 비해 맛이 끝내줬다. 각이 잡혀 있지 않은 계란말이도 너무 고소했고, 시금치 볶음무침은 그 짭조름함이 밥도둑 그 자체였다.

"어떻게⋯⋯."

"뭐가요, 민호 씨?"

물병을 들고 옆자리에 앉은 서은하의 물음에 민호는 고개를 휘휘 저었다. 그리고 눈을 돌려 부엌 곳곳을 살폈다. 국자, 냄비, 도마, 칼⋯⋯. 하나하나가 유품인 것들이 잔뜩 있었다. 이전에는 보지 못한 물건이기에 민호는 이것을 윤환이 전부 가져다 놓았다는 사실을 깨달았다. 서은하는 그녀도 모르게 그것 중 하나에 손이 닿아 이렇게 마약 같은 집밥을 완성해 낸 것이고.

저것 중에 하나만 있어도 평소에 음식 걱정은 전혀 없을 터.

"아버지, 제가 평소에 입맛이 너~무 없어서 그런데 여기서 하나만 가져⋯⋯."

"안 돼."

"넵."

윤환의 재빠른 거절만큼이나 민호의 수긍도 번개처럼 빨랐다. 쿨한 것엔 쿨하게 맞대응하는 것은 강씨 가문의 전통이니까.

서은하는 목이 말라 잠에서 깨어났다. 창밖은 아직 어두운 것이 새벽쯤인 것 같았다.

따뜻한 민호의 품에서 벗어나자 한기가 느껴져 더듬더듬 걸려 있던 외투를 걸쳤다. 취화정으로 잠이 든 민호는 해가 뜰 때까지 일어날 생각이 없어 보였다. 그래도 행여 단잠을 방해할까 조심히 방문을 연 그녀는 아래층으로 내려가는 계단으로 움직이다 거실에 불이 밝혀져 있는 것을 보았다.

'벌써 일어나셨나?'

아래층으로 내려와 부엌까지 오는 동안 윤환의 모습은 보이지 않았다.

찬물을 들이켜는 건 아기에게 좋지 않을 듯해 전기포트에 물을 담아 스위치를 눌렀다. 식탁 한쪽에 진열된 녹차를 들어 찻물을 우려내 머그잔에 담았다.

한 모금 넘기고 나니 칼칼하게 잠겨 있던 목이 풀리기 시작했다. 으슬으슬했던 기운도 가신 것 같아 외투를 벗던 그녀는 안주머니에 액자가 들어 있는 것을 보고 가만히 미소를 지었다.

'언제 넣어 두었담?'

어린 꼬마의 얼굴이 담겨 있는 액자는 포근한 색을 발산하며, 현재 그녀의 낭군님이 한없이 편안한 상태라는 것을 나타내 주었다.

뜨거운 차를 호 불며 액자를 이리저리 살피고 있던 그 순간.

달칵.

거실 반대편의 서재 쪽의 문이 열렸다. 기지개를 켜며 걸어 나오던 윤환은 서은하가 앉아 있는 것을 보고 멈칫했다.

"일찍 일어났구나."

"네, 아버님. 아버님은……."

윤환은 1시간 전만 해도 커피가 가득 담겨 있었던 머그잔을 흔들어 보였다.

"처리할 일이 남아서 말이야. 그 포트에 물 남아 있지?"

"아직 뜨거워요."

머그잔에 인스턴트커피를 담아 물을 붓던 윤환은 서은하가 액자를 손에 쥐고 있는 것에 시선이 머물렀다.

"민호 이 녀석은 팔자 좋게 자고 있나 보구나."

"많이 피곤했나 봐요."

"녀석 딴에는 쓸데없이 심각했을 테니."

"민호 씨가 아버님 걱정 정말 많이 했어요."

윤환이 식탁 반대편에 앉자 이른 새벽 잠깐의 티타임이 시작됐다.

"보아하니, 은하 너도 약점이 있어."

커피를 한 모금 넘긴 윤환이 가볍게 웃었다.

"약점이요?"

"민호."

이 말에 서은하는 인정한다는 듯 미소를 짓고 수줍은 듯 시선을 돌렸다.

"아주 안 좋은 약점이야."

서은하는 반쯤 장난처럼 중얼거리는 윤환을 보며, 어쩌면 그렇게 완벽해 보이는 아버님의 약점도 민호가 아닐까 하는 생각이 들었다. 그러다 어제 나눴던 대화가 떠올랐다.

"저, 아버님."

"응?"

"민호 씨 어릴 때. 무슨 안 좋은 사고를 겪은 건가요?"

진지한 서은하의 물음에 윤환은 복잡한 감정이 담긴 눈빛이 되었다.

"은하야. 잠깐 따라오겠니?"

"어딜요?"

열려 있는 서재를 가리킨 윤환이 머그잔을 내려놓고 앞장서 걸어갔다.

서은하는 그의 뒤를 따라 서재 안으로 들어섰다. 큰 나무 책상과 모니터, 애장품으로 보이는 물건이 가지런히 진열된 벽면이 그녀의 시선에 들어왔다.

방 안을 천천히 훑어보던 서은하는 윤환이 진열장 앞에 서서 손을 뻗는 광경을 지켜보다 입을 가리고 감탄해야 했다.

드르륵, 하는 소리와 함께 옆으로 이동한 진열장 안에 둔

중해 보이는 철문이 자리해 있었다. 돌림 버튼을 조합해 문을 열자 어둠 속에서 등이 밝혀지며 지하로 내려가는 계단이 드러났다.

"여긴 어디죠, 아버님?"

"민호 녀석이 보면 눈이 뒤집힐 곳이지. 계단 조심히 내려오너라."

윤환이 아래로 걸어 내려갔다. 서은하는 침을 꿀꺽 삼키고 안으로 한발을 내디뎠다.

나선형으로 되어 있는 계단을 내려가자 은행의 금고처럼 보이는 커다란 잠금장치가 있는 문이 다시 나타났다.

"어어? 문에서 빛이 나요."

서은하는 금고 전체에 어린 은은한 빛에 놀라 이렇게 말했다. 윤환의 눈에 잠시 이채가 어렸다가 사라졌다.

"아마 그럴 게다. 여긴 내 공간이니까."

"아버님의? 아, 민호 씨에게 들어봤어요. 애장공간 같은 거 맞죠?"

덜컹, 촤르륵.

진동과 함께 금고의 문이 열리고 안쪽의 불이 밝혀졌다. 서은하는 작은 박물관이라 해도 믿을 정도로 수많은 골동품이 자리해 있는 안쪽을 보며 입을 다물지 못했다.

"들어오기 전에 액자를 꼭 쥐고 있거라."

"액자요?"

서은하는 그녀도 모르게 버릇처럼 지니고 다니는 액자를 보고 의아한 얼굴이 됐다. 왜 그래야 하는지 이유를 묻는 시선이 된 그녀가 금고 안으로 들어서던 그 순간이었다.

금고 전체에 어려 있던 애장품의 빛이 스르르 그녀의 몸에 흡수되듯 사라졌다.

윤환이 수집해 온 모든 애장품이 가득한 공간. 이곳에 어려 있는 그만의 경험과 기술이 고스란히 서은하에게 느껴졌다.

"다른 게 보이더라도 놀라지 말렴."

"다른 거요……?"

손에 쥐고 있던 액자에서 시작된 찌릿한 감촉에 서은하는 움찔했다. 갑자기 시야가 암전되어, 서은하는 이것에 어려 있는 오래된 기억과 마주했다.

마치 영화 속으로 빨려 들어가 그 장소에 서 있는 것처럼 아주 생생한 추억이었다.

어린 꼬마가 부둣가에 누워 있었다.

액자 속 사진과 똑같은 얼굴이었기에 저 아이가 민호라는 건 서은하도 잘 알았다. 그러나 아이의 상태가 조금 이상해 보였다.

−민호야!

몸 전체에 소름이 끼치는 검은 빛이 나고 있는 아이의 곁으로 한 사람이 급하게 달려왔다. 한쪽 무릎을 꿇은 채 아이를 바라보고 있는 이는 젊은 윤환이었다.

윤환은 아이가 손에 쥐고 있는 구형 권총에 시선이 머물렀다.

─브라우닝 M1900······.

사라예보 사건에 얽혀 있는 민족주의자의 유품은 수없이 많은 이들의 죽음과 얽히며 검은 기운을 띤 무언가로 변질되었다.

이 작은 권총이 멀고먼 바다를 건너 한국땅으로 들어오기까지 얼마나 많은 피를 보았단 말인가.

윤환은 숱한 일반인의 죽음을 느끼고 전율하지 않을 수 없었다. 이것이 지금 민호의 의지를 박탈하고 몸을 빼앗아 버렸다.

─나와! 나와서 날 상대해!

윤환은 구형 권총에 손을 대려 했다가 몸이 굳어졌다. 아이의 눈이 번쩍 뜨이며 다가온 윤환을 향해 손을 뻗은 탓이었다.

숨이 막힐 듯한 압박에 윤환의 안색이 핼쑥해졌다.

수백만의 유럽인을 들판의 흙이 되게 만들었던 원흉. 그것에 담긴 민족주의자의 극단적인 환희는 윤환 혼자 감당하기엔 버거운 기세였다.

－민호야…….

윤환은 검은 기운에 휩싸여 비틀거리다 쓰러졌다. 몸을 속박하는 고통 속에서도 지지 않고 소리쳤다.

－차라리 내 몸을 가져가!

눈가에 핏발이 어릴 때까지 억지로 팔을 뻗으며 저항하던 윤환의 어깨에 하나의 손이 올라왔다.

－물러서거라.

고개를 돌린 윤환의 시야에 반백의 머리를 한 노신사가 들어왔다.

－아버지. 민호가, 민호가 저것에…….

윤환을 부축해 일으킨 이는 강정균이었다.

－아직 포기하긴 이르다. 보거라. 민호도 나름대로 저항하고 있어. 신혜에게 제대로 교육받았나 보구나.

아이의 손끝이 부들부들 떨리는 것을 본 정균은 윤환에게 사진 하나를 내밀었다.

－도움이 될진 모르겠다만 몇 년 동안 부적처럼 지니고 있던 것이니 이제 네가 들고 다니거라.

사진을 손에 든 윤환의 얼굴에 어린 검은 기운이 점차 엷어져 갔다. 속박에서 해방된 윤환은 이 사진이 정균의 애장품이라는 것을 깨달았다. 그러다 정균의 얼굴에 검은 기운이 어리기 시작한 것에 놀랐다.

—피하세요.

—여기서 피하면 손자놈의 무뚝뚝한 얼굴을 영영 못 볼 것 같구나.

—어찌시게요?

—어찌긴. 저 속에 들어가서 할애비보다 먼저 가려는 녀석을 불러와야지. 민호에게서 기운이 사라지거든 다른 건 생각지 말고 곧바로 저 물건을 파괴해 버려. 그 정도의 시간은 내가 벌 수 있다.

정균이 등을 돌렸다. 윤환은 정균이 하려는 행위에 담긴 의미를 알아채고 그의 팔을 잡아챘다.

—안 돼요. 아버지. 분명 다른 방법이 있을 겁니다.

—있겠지. 그러나 답을 찾기엔 시간이 없어. 영영 손자를 잃을 수 있는 위험은 겪고 싶지 않구나.

—아버지!

—윤환아. 내 말 잘 듣거라.

윤환의 손 위로 정균의 손이 올라왔다.

—지금 네가 느끼는 그 기분. 그동안 지내며 해왔던 가문의 모든 일들. 민호에겐 그 아픔까지 물려주진 말아야 하지 않겠니? 윤환이 너라면 할 수 있다고 믿는다. 넌 내 아들이니까. 참, 윤정이가 날 찾거든 그냥 생각 없이 쏘다니다 사라졌다고 전해다오.

윤환의 손을 두 번 툭툭 쓰다듬어 준 정균은 씁쓸하지만 환한 미소를 지어 보인 뒤에 그대로 앞으로 걸어갔다.

아이가 팔을 들어 검은 기운을 쏘아 보냈으나 정균이 권총에 손을 대는 것까지 막지는 못했다.

정균과 아이. 두 사람이 풀썩 쓰러졌다.

"아아……."

서은하는 추억에서 벗어나자마자 놀람을 금치 못했다. 금고 안의 불을 켜고 있던 윤환이 괜찮냐는 눈길을 보내왔다.

"괜찮아요."

그렇게 대답하는 찰나. 액자에서 따뜻한 기운이 흘러나오며 또 다른 추억이 이어졌다.

이곳은 검은 빛과 환한 빛이 동시에 얽혀 있는 기이한 공간이었다. 꿈인지 환상인지 구별되지 않는 그 속에, 희미한 형체의 어린아이가 엉엉 울고 있었다.

─아빠……. 할아버지…….

아이의 어깨가 너무 애처로워 보여 서은하는 그녀도 모르게 손을 뻗었다. 그러나 그녀의 손은 허공을 훑었을 뿐 아이에게 닿지 않았다.

─민호야. 할부지 왔다.

그런 아이의 곁에 섬광처럼 나타난 형체가 있었다.

정균은 민호의 앞에 한쪽 무릎을 꿇고 앉아 미소를 지었다.

ㅡ여기서 놀고 있었구나. 한참 찾았잖아.

ㅡ할아버지……

으앙, 하고 더 큰 울음을 터뜨리는 아이에게 정균은 손을 뻗어 눈물을 닦아 주었다.

ㅡ뚝. 착하지, 우리 민호.

ㅡ집에 갈래.

ㅡ그래. 집에 가자꾸나. 가면서 할부지가 신기한 거 보여줄게.

ㅡ그 동전?

ㅡ아아니~ 그보다 더 신기한 거. 대신 이건 보고 나면 눈을 감아야 한단다.

ㅡ그런 게 어딨어.

정균은 손바닥을 들어 무언가를 만들어냈다. 마법처럼 손에서 서서히 뻗어 나오는 작은 장난감에 아이의 눈이 커졌다.

ㅡ슈퍼 X!

ㅡ우와!

ㅡ할부지 최고지?

ㅡ응.

-자, 이제 눈을 감고.

로봇을 손에 쥐여주자 아이는 곧 눈을 감고 정균의 품 안에서 잠들었다.

-재밌는 일이군. 이곳에 어떻게 온 거지?

정균의 뒤에서 낯선 음성이 들려왔다. 검은빛이 가득한 사람의 형체가 기이한 미소를 그리며 다가왔다.

-손자를 찾아왔지.

-놀라워. 너 같은 영능력자는 처음 봐. 어떻게 그동안 내게 감지되지 않은 거지?

-그쪽 같은 혼을 상대하는 데 익숙하니까.

-생의 끈이 단절됐군. 이 세계는 너를 담을 수 없다. 지금이라도 돌아가지 않으면 넌 곧 죽어.

-내세에 들지 못하고 구천에서 떠도는 존재께서는 무슨 아쉬움이 남아 이렇게 아득바득 버티고 있는지 모르겠어.

-아이를 내려놓고 사라지지 않으면 너는 소멸할 거야. 아이의 목숨에 그럴 만한 가치가 있나?

-가치?

정균은 미소를 그린 채로 잠에든 아이의 얼굴에 시선을 던졌다.

-내 저승길 노잣돈은 이 아이의 웃음 하나로 차고 넘쳐.

아이의 형체가 갑자기 연기처럼 사라졌다. 정균은 허공을 바라보며 외쳤다.

―윤환아, 지금이야!

―뭐?

까아아아앙―!

"하아, 하아."

실제와 같은 체험에 가쁜 숨을 들이쉬는 서은하에게 윤환이 손을 뻗어 등을 두드려 주었다.

"아버님, 이건……."

"다 보았나 보구나. 거기서 눈을 뜬 민호는 그 안에서 있었던 일은 물론이고 그 이전의 기억을 대부분 잃었어."

액자에 담겨 있는 사연을 모두 지켜본 서은하는 눈물이 그렁그렁해진 채로 말을 잇지 못했다. 여운에 잠긴 그녀에게 윤환이 나직이 말을 이었다.

"그것을 보여준 건, 민호가 실제로 아픔을 갖고 있음을 너만은 알아 두었으면 해서다. 현명하니만큼 알아서 처신하리라 믿는다."

"민호 씨에게는 비밀이라는 거군요."

강씨 가문의 식솔들이 최대한 편한 삶을 지내길 바라는 윤환의 뜻에 서은하는 아무 말도 덧붙일 수가 없었다.

"그리고 액자는 내게 돌려주지 않겠니?"

윤환은 액자를 돌려받고 서은하에게 열쇠 하나를 내밀었다.

　"당분간 여행을 다녀올 생각인데 그동안 이곳을 관리해 다오. 만져봤으니 어떻게 들어오는지는 훤할 테고. 이 공간을 드나들면 애장품을 다루는 것도 쉬워질 테니 민호처럼 무식하게 이것저것 만질 필요 없다."

　"어, 어딜 가시게요?"

　"베로니카가 새롭게 발굴하고 있는 지역에 뭔가 느껴지는구나. 앞으로는 이런 일이 벌어지지 않도록 그 지역에서 바로 해결할 생각이야."

　윤환은 금고 안을 거닐며, 지금 그녀의 수준에서 건드리면 위험한 것과 그렇지 않은 물건을 차례대로 설명해 주었다.

　"민호 녀석은 출입 금지다. 기고만장한 녀석의 꼴은 내 두 다리가 멀쩡한 동안에는 보고 싶지 않구나."

　"명심할게요."

　"혹 녀석이 까불거나 네 맘에 들지 않는 행동을 일삼거든, 여기서 아무거나 꺼내서 던져 주면 좋아라 네가 시키는 일을 해줄 거다."

　"제가 그래도 될까요?"

　"자고로 집안의 권력은 안방마님이 쥐고 있어야 편한 법. 이제 녀석이 일어날 때쯤 됐으니 올라가자꾸나."

윤환을 따라 금고를 나서던 서은하는 머뭇거리다 걸음을 멈췄다.

"아버님."

"응?"

서은하는 금고를 돌아보며 조심스럽게 물었다.

"아버님이 계속 집에 머무셨던 이유가, 혹시 이 금고 때문이었나요? 아버님 없어도 민호 씨가 안전할 수 있게 이곳을 애장공간으로 만드시려고."

가만히 자신의 말을 듣고 있는 윤환의 표정에서 서은하는 어딘지 애틋한 기색을 감지했다.

"저 때문에 여기가 애장공간이 됐다는 걸 확실히 확인하신 거죠?"

"거기까지만."

금고의 입구 선 윤환이 가볍게 웃었다.

"내 경험을 이용할 수 있게 되더니 쓸데없는 것까지 생각이 닿는구나."

"죄송해요."

"아니다. 틀린 소린 아니니까. 발 조심히 올라오너라."

앞장서서 나선형 계단을 오르기 시작한 윤환의 표정은 언제나처럼 인자했다. 그러나 그것이 민호를 구하기 위해 당당히 걸어가던 정균의 표정과 닮아 있는 것 같아 서은하는 가

습 한구석이 아려오는 것을 느꼈다.

"으음."

하품하며 몸을 일으킨 민호는 옆구리의 허전함에 고개를 돌렸다.

"늦잠 잤네."

햇살이 내리쬐는 창문에 눈을 돌린 민호는 바깥에서 차의 엔진소리가 들려와 귀를 쫑긋했다. 창가로 다가가니 마당에서 막 차 한 대가 출발하는 것이 보였다. 아버지의 차고에 있던 세단이었다.

'어딜 가시는 거지?'

어젯밤의 일을 수습하러 가시는 건가 생각하며 아래층으로 내려왔다.

"일어났어요, 민호 씨?"

"좋은 아침이에요."

"조금만 기다려요. 아침 해줄게요."

서은하가 앞치마를 두른 채로 요리 중이었다.

탁탁탁. 도마 위에서 채소를 써는 그녀의 칼질이 예사롭지가 않았다. 도마와 칼 모두 누군가의 유품이었기에 민호는 아침 식사를 기대하며 식탁에 앉았다.

"아버지 어디 가신 건지 들었어요?"

"아버님은……."

썰어놓은 채소를 보울에 담은 그녀가 고개를 돌리며 대답했다.

"아프리카요."

"아하, 아프리카 가셨구나."

하고 별생각 없이 대답하던 민호의 고개가 갸우뚱했다.

"어, 어디요?"

"베로니카 교수님 만나러 가신데요. 결혼 준비는 알아서 잘 진행하라고 하셨어요."

"말도 안 돼. 지금? 아침에 바로 가셨다고요?"

"새벽부터 준비하신걸요."

민호는 놀라서 휴대폰을 꺼냈다. 통화 버튼을 누르고 한참을 기다렸으나 윤환이 받질 않았다.

지이잉.

그러다 윤환에게서 문자가 왔다.

[운전 중이다.]

[아프리카에 가신다는 거 정말입니까?]

[그래. 아이 낳을 동안은 그 집에서 지내거라.]

"……?"

민호는 '그때까지 안 돌아오실 생각인가요?' 하고 문자를 보내면서도 이해할 수가 없었다. 아침 댓바람부터 아프리카행이라니. 바람 같아도 어찌 이렇게 바람 같을 수가 있는 건지.

[예식 날짜 잡히면 잠시 귀국하마. 날짜는 은하 부모님과 상의하거라. 예의 꼭 갖추고.]

고개를 저으며, 집에만 있던 윤환의 갑작스러운 행동에 놀라는 사이 휴대폰이 다시 울렸다.

[서재. 책상 두 번째 서랍.]

"응?"

윤환의 문자에 민호는 혹시 끝내주는 효과의 유품이 있진 않을까 한달음에 서재의 문을 열었다.

서랍을 벌컥 열자 손바닥만 한 사진 하나가 모습을 드러냈다. 아기를 안고 콧노래를 흥얼거리는 듯한 한 여성이 담겨 있었다.

맹해 보이는 아기의 얼굴이 영락없는 자신이었기에 민호는 알 수 있었다. 이 여인이 어머니라는 것을.

"은하 씨만큼이나 아름다우셨네요."

너무 어릴 때 돌아가신 터라 기억에 전혀 없는 어머니의 표정에 살짝 웃음기가 감도는 것 같아 민호도 빙긋 웃었다.

"맞다. 아버지가 지금 다른 여자 만나러 가는 건 아세요?"

아침상을 차리고 식탁에 앉은 서은하는 배 속의 아기에게 들려주려는 듯 자장가 같은 콧노래를 흥얼거렸다.

"아버님은 민호 씨를 무척 사랑하신단다. 나도, 민호 씨도 너를 그만큼 사랑해 줄 거야."

달칵.

서재에서 나온 민호를 서은하가 부드럽게 바라보았다. 그녀의 눈빛에 무언가 할 말이 담겨 있는 것 같아 가까이 다가온 민호가 물었다.

"왜요? 제 얼굴에 뭐 묻었어요?"

"웃어줘요."

"네?"

"어서요."

황당한 서은하의 요구에도 민호는 생각할 것도 없다는 듯 있는 힘껏 씨익 미소를 지었다.

"내 저승길 노잣돈은 이 아이의 웃음 하나로 차고 넘쳐."

"민호가 실제로 아픔을 갖고 있음을 너만은 알아 두었으면 해서다."

정균이 목숨을 걸고 지켜낸 민호는 지난 6개월간 수많은 일을 해냈고, 방송을 통해 수십만의 얼굴에 같은 웃음을 생겨나게 했다.

'그러고 보니 민호 씨 웃음, 할아버님을 닮았어.'

민호가 아무렇지도 않게 웃을 때마다, 윤환은 그 안에서 정균의 모습을 보았을 것이다.

아이였던 민호의 얼굴이 거뭇한 수염이 있는 어른의 얼굴이 되고, 어린이였던 몸은 듬직한 어깨를 가진 청년이 되었다. 비록 그때의 기억은 없어도, 민호의 안에 살아 숨 쉬는 정균의 마음은 그대로 남아 보다 깊고 그윽해졌다.

"울적해 보여요, 은하 씨."

"아, 아녜요."

잠시 가슴이 시큰해져 눈물이 날 것 같았기에 서은하는 얼른 자리에서 일어나 민호의 가슴에 얼굴을 묻었다.

"우리 민호 씨 얼굴, 혼자 보기 아까워서 죄송할 지경이네. 방송 활동 열심히 해야겠어요. 그렇게라도 보여줘야 민호 씨 팬들이 저 욕 안 하죠."

"열심히 할 예정입니다. 우리 아이랑 은하 씨 떵떵거리며 살게 해줄 거니까."

"참, 드라마나 영화는 로맨스 없는 거로만 해요. 반드시."

"프로답지 못하시네요, 배우가. 질투?"

"내 낭군님의 매력에 반할 여자들에게 미안해서거든요?"

서은하는 민호의 뺨에 쪽 입을 맞추고 식탁을 가리켰다.

"들어요, 차린 건 없지만."

"근데 이게 무슨 음식이죠? 신기하네."

"냉동실을 열었더니 연어가 보여서요. 샬롯과 세이지를 곁들여서 올리브유에 살짝 구워낸 지중해식 스테이크에 버터로 향을 낸 프렌치토스트…… 어머. 내가 무슨 얘길 하는 거지?"

아침부터 뚝딱하고 최고급 브런치 세트를 만들어낸 서은하는 그녀가 한 음식에 놀란 토끼눈이 되어 민호를 보았다. 이제야 안 것이다. 이런 음식을 아무나 할 수 없다는 것을.

"이 부엌에 애장품이 있는 거죠?"

"아마도?"

"어쩐지 물만 마시려고 했는데 요리를 막 하게 되더라니."

"진짜 몰랐어요?"

고개를 끄덕거리는 서은하에 민호는 배꼽이 빠지라 웃었다. 당황에 빠진 그녀의 손을 붙잡고 식탁에 앉았다.

"은하 씨. 점심에는 중화풍 음식도 가능할까요?"

"저 놀리니 재밌죠?"

"아아뇨. 그럴 리가요."

아닌 척 머리를 저었으나 민호의 얼굴에는 웃음기가 가득했다. 서은하는 가만히 민호를 흘겨보더니 문득 생각이나 중얼거렸다.

"에이, 아쉽다. 아버님이 아침에 떠나시면서 민호 씨 주라고 했던 물건이 있는데 그냥 냅둬야~"

은근슬쩍 미끼를 던지는 서은하의 음성에 민호의 표정이 돌변했다.

"점심은 제가 요리하겠습니다!"

"점심만요?"

"앞으로 펴, 평생!"

"평생까지는 필요 없고, 점심은 남미풍이 좋겠어요."

효과는 만점, 서은하는 남모를 웃음을 지으며 어서 식사하라고 민호를 다독였다.

【강민호♡서은하, 오늘 결혼. 비공개 예식】

만능 엔터테이너 강민호(25)와 배우 서은하(23)가 결혼한다.

봄의 시작을 알리는 동백꽃이 남쪽에 만발했음을 알린 반가운 소식과 함께, 두 사람도 정식으로 부부의 연을 맺게 됐다. 인기리에 방영된 드라마 '사계절의 행운'에서 연인으로 출연했고, 이를 계기로 사랑을 키워 결국 결혼에 골인했다.

강민호는 프로게이머로 활동하며 얼굴을 알렸다. 그를 발굴해 낸 NTV 예능 'The Answer'의 피디 천상중은 본지와의 인터뷰에서 "처음 봤을 때부터 방송의 재능이 풍부해 보였다"라고 말하며, 작년 한

해 스마트 열풍의 주역이 된 그를 칭찬했다.

그는 기존 예능은 물론이고 의학 다큐와 패션 채널, 드라마에 음반 제작까지 폭넓은 활동을 이어나가며 많은 이들의 사랑을 받았다. 최근 방영된 내셔널지오그래픽의 'Great Traverse'로 세계적인 인기를 얻게 된 그의 활동에 이제는 서구권 팬들의 이목까지 쏠린 상황이다.

한편, 강민호와 서은하는 지난 1월경에 이미 혼인 신고를 한 것으로 알려졌다. 오늘의 결혼식은 최초에는 친분이 있는 소수의 몇 명만 참여하는 것으로 알려졌으나, 헐리웃 여배우 레아 테일러의 트윗으로 전 세계에 퍼지게…….

민호는 서은하의 모교인 혜화 고등학교 정문에 서서 신음을 삼키는 중이었다.

"조용히 끝내긴 글렀어."

닫아 놓은 철문 밖으로 구름처럼 운집해 있는 기자들은 소수의 지인만 초대해 가볍게 식을 올리겠다는 처음의 계획을 그대로 끝장내 버렸다. 저 중의 반은 결혼식을, 반은 한국을 처음 방문하는 레아 테일러를 취재하기 위한 무리였다.

문제의 발단은 서은하가 일주일 전에 보낸 초대 문자. 장모님의 권유로 식 날짜를 빨리 잡은 터라 '설마 오겠어?' 하는 마음으로 보낸 것이 사태를 이 지경으로 만들었다.

레아 테일러가 오늘 아침, 그녀의 SNS 공식 계정에 '아시아의 아름다운 연인'에 대해 언급한 이후 전용 비행기로 결혼식에 참석하겠다는 깜짝 의사를 표명했다.

"정말 오긴 오려나?"

내심은 안 왔으면 하는 민호였다.

"강민호 씨! 결혼 소감 한 말씀만!"

"신혼여행은 어디로 결정하셨습니까!"

야단법석인 기자들 앞에서 묵묵히 미소만 지은 채 서 있기를 십 분여.

"강민호 씨, 우리가 좀 늦었지? 반장님께 인사 좀 드리고 오느라."

"아, 윤 경사님……."

서철중 휘하의 어깨 형사들이 속속들이 민호의 옆으로 걸어왔다. 민호는 기자들이 몰려 있는 정문을 가리켰다.

"입구가 저래서 손님은 따로 후문으로 들여야겠어요. 아직 못 온 사람이 꽤 있어서."

"에이, 신성한 결혼식에 그러면 쓰나."

윤정만 경사가 동료들에게 눈짓했다. 그리고 정문으로 걸어갔다.

"어이, 거기 물러서! 문짝 뜯어지겠네. 경찰서가 바로 앞인데 현행범으로 잡혀가고 싶어?"

"댁은 뉘쇼?"

"강북서 형사계 수사2과 윤정만이올시다."

형사 이름표를 보여준 윤정만이 정문을 열자, 형사 다섯이 앞으로 나서며 무지막지한 힘으로 기자들을 밀쳤다. 지인들만 오는 것으로 계획해 경호원조차 고용하지 않은 문제는 이들 덕분에 가볍게 해결됐다.

얼마 뒤, 현직 강력계 형사들의 엄격한 통제 라인 속에서 손님들이 하나둘 걸어 들어오기 시작했다.

"민호 오빠. 어우, 세상에나."

오소라는 웬만한 기자회견장은 비교도 안 되는 이곳의 상황에 놀란 표정으로 민호에게 다가왔다.

"어제 음방에서 1위 했다며? 축하해."

"지난주 컴백 무대가 좋았으니까요. 특히 오빠 파트."

"오소라 씨! 평소 친분이 돈독한 강민호 씨에 대해서 축하의 한 말씀만!"

토요일인 터라 음악방송 무대의상을 입고 있었기에 기자들을 향해 자신감 있게 손을 흔든 오소라가 나직이 중얼거렸다.

"속이 부글부글하는데 한 말씀은 무슨. 으휴, 이런 날이 오긴 오네."

"너 그거 들린다. 조심해."

오소라는 웃음기 어린 시선으로 기자를 보며 복화술처럼 말했다.

"시끄러워서 안 들리거든요?"

김 코디가 힘을 줘서 차려 입혀준 신랑 복장의 민호를 아래위로 훑어본 오소라가 한숨을 쉬었다.

"가는 날까지 멋있으면 어쩌라는 거야. 은하 어딨어요?"

"강당 대기실에."

"가서 꼬집어 줘야지."

"야!"

까칠하게 말을 내뱉고 쪼르르 학교 안으로 달려가 버린 오소라의 뒷모습을 보며 민호는 고개를 저었다.

"와썹, 민호. 드디어 무덤에 들어가는구나. 콩그레츄레이션!"

기자들 틈에서 날렵한 머리 스타일을 고수 중인 힙합계의 스마트가이 진큐가 나타났다.

"어서 와."

진큐는 주위의 카메라를 향해 가볍게 눈인사하고 말을 이었다.

"호텔 식장도 아니고, 모교 강당이라니."

"봄방학 시즌인 데다 이 학교 선생님을 은하 씨가 무척 존경한다고 해서."

"참 클래식하고 너답다. 이러니 댓글이 그렇게 난리가 나지."

"댓글?"

"방송 한동안 쉬더니 인터넷도 안 하냐?"

진큐는 북미 전역에 방송을 시작한 '강민호 종주대회 영상'의 인기와 맞물려, 온라인상에서 이 결혼식을 모르는 네티즌을 찾아보기 힘들 정도가 됐다는 사실을 자신의 입으로 얘기하다 이건 아니라고 혀를 차며 강당 쪽으로 올라가 버렸다.

"선배림!"

민호는 KG 게임단 소속의 반가운 후배 두 사람이 달려오는 것을 보고 얼굴 한껏 웃음기를 머금었다.

"가람아, 철순아."

"축하함돠!"

"결혼 축하드립니다."

"고맙다."

"선배, 오늘 점심 뷔페인가요?"

가람이 크고 남산만 한 배를 두드리며 물어왔다.

"아니. 그냥 식만 하고 끝날 건데?"

"네엣?"

"학교 강당인데 뭘 바라."

급속도로 풀이 죽은 가람을 향해 민호는 피식 웃으며 말했다.

"뷔페는 아니고, 출장 코스요리로 결혼식 도중에 식사할 수 있게 준비했으니까 실컷 먹고 가라."

"정말입니까!"

신이 난 가람이 뛰어가고, 그런 가람을 따라 철순이 목례를 하고 황급히 뒤따랐다.

손님들의 입장은 계속됐다. 사계절 밴드의 형님들과 다음 달 촬영을 앞둔 송도하 감독에 이어 '더 스마트'부터 '맨 앤 정글'까지 예능을 함께 찍었던 출연자들도 참석했다.

'그냥 성대하게 해버릴 걸 그랬나?'

그 와중에 PD들은 1년 뒤의 스케줄 약속을 어떻게든 잡아보기 위해 한동안 민호를 귀찮게 했다.

"오빠, 저희 왔어요."

"민호야, 축하한다."

윤이설과 이상건이 걸어왔다. 민호는 양손을 치켜들고 반갑게 그들을 맞이했다.

"이설아. 너 라디오 새로 들어간 거 잘 듣고 있어. 은하 씨는 매일 저녁에 'FM 데이트' 꼭 챙겨 듣더라."

"부, 부끄럽게……."

"천상 DJ더만, 우리 이설이."

민호는 윤이설이 등 뒤에 짊어지고 있는 기타를 보며 목소리를 낮춰 물었다.

"축가 준비는 잘됐어?"

"그럼요!"

"급하게 부탁해서 미안해."

걱정하지 말라는 듯 고개를 한번 끄덕인 윤이설은 민호가 자세히 물으려 하자 갑자기 딴청을 피우며 '은하 언니 보고 올게요' 하고 외치며 한달음에 교정으로 달려가 버렸다.

"이설아, 강당! 강당!"

민호의 외침에 방향을 휙 돌려 강당으로 후다닥 뛰었다.

"상건이 형. 이설이 왜 저래요?"

"민호, 네가 주문한 동률 선배님 곡 말고, 새로 작곡을 하나 했거든."

"네?"

"오로지 네 결혼식에서만 들려주고 말 노래인데 꽤나 정성을 들인 눈치야. 모르는 척 들어줘. 쟤 나름의 선물이니까."

이상건은 다시 한 번 축하한다는 듯 민호의 어깨를 두드려 주고 안으로 들어갔다.

'이제 올 사람은 거의 다 온 거 같은데.'

미리 식을 준비하기 위해 와 있던 인원을 제외하면 이른 아침에 SNS를 터트린 주범과 아버지만 남았다.

"레아는 그렇다 치고, 아버지도 안 오시려나?"

하긴, 아프리카에서 이곳까지 잠깐의 결혼식을 보기 위해 긴 비행을 해야 하는 건 윤환의 성미에 맞지 않을 수 있겠다 싶었다.

슬슬 강당에 들어가 본격적인 식 준비를 해야겠다고 생각하던 찰나, 학교 앞쪽의 도로로 긴 리무진과 차량 행렬이 멈춰 섰다.

"레아다!"

"레아 테일러가 왔어!"

민호도 발끝을 올려 리무진에서 내려서는 사람에 시선을 집중했다.

전 세계인의 이목을 끌고 다니는 '셀럽'스럽게 화려한 옷으로 치장한 금발의 여인이 차에서 내려섰다. 당연하게도 그녀의 경호원들이 우후죽순 달려드는 기자들을 사전차단해 버렸다.

'어?'

리무진에서 내려선 또 한 사람에 민호는 눈이 커졌다.

"아버지?"

점잖은 신사복을 걸친 윤환은 옷깃을 툭툭 털더니 레아를 바라보았다. 윤환의 에스코트에 미소와 함께 고개를 숙인 레아가 그의 팔을 붙잡자 기자들은 '레아의 애인인가?' 하는 궁금증이 섞인 표정으로 플래시를 난사했다.

정문을 넘어선 두 사람에게 다가간 민호가 물었다.

"어떻게 같이 오는 거예요?"

"공항에서 만났지. 내 아들 녀석 결혼식 때문에 왔다더구나."

"타이밍이 이상하잖아요. 기사 나면 어쩌려고……."

"됐고, 사돈어른은 어디 계셔?"

"강당 입구예요."

"Excuse me, miss lea."

윤환은 레아에게 양해를 구한 뒤 민호의 옆을 쿨하게 스쳐 지나갔다. 그사이 레아가 빙긋 웃으며 민호의 앞에 섰다.

『축하해. 미스터 강. M이라고 불러야 할까?』

『'민호'면 됩니다. 레아 때문에 저 난리인 거 아세요? 오려면 조용히 오시지.』

『웁스. 쏘리~』

이제 초대한 사람은 다 왔기에 민호는 형사들에게 문을 닫아 달라고 소리쳤다.

『가죠. 레아.』

『신혼여행지는 정했어?』

『못 가요. 은하 씨 안정이 우선이라.』

레아의 눈이 커졌다.

『어디 아파?』

『그럴만한 사정이 있어요. 묻지 마세요.』

『정말 미스터리 하단 말이지, 두 사람..』

이번에는 민호의 에스코트를 받은 레아가 정문에서 사라질 때까지, 기자들의 카메라 세례는 멈추지 않았다.

"후아."

촛불이 밝혀진 예식장의 단상 위. 민호는 강당의 반대편 입구를 보며 심호흡에 심호흡을 거듭했다.

"민호 씨, 왜 그렇게 굳어 있어? 얼굴 펴."

긴장한 민호의 얼굴에 앞 라인에 앉아 있던 홍은숙 작가가 입을 가리며 웃었다.

'일주일 동안 얼굴 한 번 제대로 못 봤다고요.'

식 준비다, 신혼살림 장만이다. 서은하는 친정에서 자신은 집에서 정말 정신없는 한 주를 보냈다.

떨리는 심정을 아는지 모르는지 식을 기다리는 사람들은 저마다 웃음기 가득한 얼굴로 신부의 입장을 기다렸다.

그렇게 긴 것 같은 짧은 시간이 흘렀다.

덜커덩.

강당 뒤편의 문이 활짝 열리고, 서철중의 팔을 붙잡은 신부가 모습을 드러냈다. 신부 화장을 곱게 한 그녀는 그 어느

때보다 예쁘고 환한 얼굴을 뽐내고 있었다. 모든 사람이 일어나 입장하는 신부를 향해 박수갈채를 보냈다.

잔잔한 피아노 음악이 깔리고, 시선이 마주친 서은하가 눈으로 부드럽게 말을 건네 왔다.

뭘 그렇게 심각하게 서 있담.

잠은 잘 잤어요?

웃어줘요.

레아 정말 왔네요?

오늘 민호 씨 진짜 잘생겨 보여요.

한 발 한 발 그녀가 가까워져 올수록, 민호의 마음도 점차 편안한 두근거림으로 변해갔다. 이윽고, 신부와 신부의 아버지가 바로 앞까지 다가왔다.

민호는 단상 아래로 한달음에 내려가 서철중의 앞에 섰다.

"내 딸 잘 부탁하네……. 사위."

"사, 사위요?"

한 방 얻어맞을 각오까지 하고 있던 민호는 인정을 받았다는 기쁨에 말을 잇지 못했다. 허리를 깊게 숙여 인사하는 민호를 묵묵히 지켜보던 서철중은 이내 딸의 손을 잡아 사위에게 건넸다.

서은하의 은사님이 단상에 오르고, 민호는 주례사가 어떻게 시작되고 끝났는지 모를 정도로 감격에 휩싸인 채 시간을 보냈다.

　─다음은 축가입니다.

　윤이설이 기타를 손에 들고 민호와 서은하 앞에 섰다.

　"두 분 행복하세요."

　그르릉, 하고 심금을 울리는 기타의 멜로디 위로 윤이설의 고운 목소리가 덧입혀졌다.

　─그대는. 가만히 바라보고만 있어도 참 눈이 부시다.

　─그대는. 조용히 기대고만 있어도 늘 좋고 새롭다.

　서은하와 민호를 각각 바라보며 던지는 윤이설의 나직한 노랫말에 사람들 모두 '이런 곡이 있었나?', '노래 제목이 뭐야?' 웅성이면서도 서정적인 음색에 빠져들기 시작했다.

　─서툰 청춘의 모습도 축복이 되는 시간. 가장 소중한 그대의 손을 꼭 잡고, 끝없이 끝없이 걸어갈 길. 이리 와요 눈부신 그대여. 함께 가요 좋은 그대여.

　듣고 있다가 눈물이 핑 돌고만 서은하. 민호가 손을 올려 그런 그녀의 눈물을 닦아 주었다.

　─지치고 힘든 날이 오거든. 오늘을 떠올리며─.

　윤이설이 손을 굳게 마주잡은 채 서 있는 두 사람을 보며 활짝 웃었다.

　"……그렇게 오래오래 행복해요. 우리."

　축가가 끝나자 사방에서 환호와 박수가 시작됐다. 아름다

운 노래를 선물한 윤이설에게, 아름다운 부부인 두 사람에게
보내는 지인들의 축복이었다.

　　부우우웅—

　화려한 장식이 달린 클래식카가 작은 마당에 멈춰 섰다.
민호는 조수석에 드레스를 입고 앉아 있는 서은하에게 고개
를 돌렸다.

　"신혼여행도 못 가고. 미안해요."

　"저는 민호 씨만 있으면 돼요."

　차분한 서은하의 대답에 민호는 가슴이 불타오르는 것이
느껴졌다. 식이 끝나고 누구도 갈라놓을 수 없는 사이가 된
지금, 이제부터 그녀는 항상 옆에 있어 줄 것이다.

　—경고. 드라이버의 흥분지수가 매우 상승되어……

　라디오를 꾹 눌러 꺼버린 민호가 문을 열고 나와 반대편으
로 얼른 뛰었다. 막 걸어 나오는 서은하의 등과 다리에 손을
대고 그녀를 번쩍 안아 들었다. "꺅!" 하고 짧은 비명을 지르
는 그녀에게 민호가 말했다.

　"드디어 첫날밤이네요."

　"어머, 첫날은 아니죠."

　"저는 첫날처럼 설레는걸요. 갑시다, 방으로."

　"이러고요? 저 아직 드레스 차림이에요."

"제가 벗기…… 크흠. 일단 들어가죠."

발끝으로 차 문을 닫은 민호는 눈앞에 보이는 이층집에 시선을 던졌다. 다시 아프리카로 떠나 버린 아버지가 돌아오실 때까지 짧은 신혼살림을 꾸릴 보금자리.

여기에서 지내다 보면 왠지 끝내주는 애장품을 덤으로 얻을 것만 같은 기분 좋은 예감도 들었다.

───────

High Relic : 대장군의 검.

Effect : 전장의 지배자였던 장군의 위엄이 깃든다.

Dark Relic : 칸의 만곡도.

Effect : 대륙을 제패한 제왕의 위엄에 사로잡힌다.

Relic : 손자 사랑 액자.

Effect : 강민호의 상태와 감정을 무엇이든 확인할 수 있다.

Space : 아버지의 금고.

Effect : 이 공간 안에서는 가문의 능력이 배가된다.

Fin.
일상, 일 년, 그리고……

삐비비—

음량을 잔뜩 키워놓은 휴대폰 알람에 민호는 정신이 번쩍 들었다. 기계적으로 몸을 일으키고 멍한 정신을 일깨우기 위해 크게 기지개를 켰다.

"하암~"

새벽 내내 아이를 보듬고 달래느라 2시간 눈을 붙인 것이 전부였기에 피곤은 좀처럼 가시질 않았다.

아이가 태어나고 6개월. 시도 때도 없이 우는 녀석을 달래기 위해 취화정의 복용을 자제한 지도 그 정도 흘렀다.

민호는 부스스한 얼굴로 고개를 돌렸다.

'은하 씨는 벌써 일어났나?'

아내도, 요람에 있어야 할 아이도 보이지 않았다.

어느 정도 잠을 쫓아내고 아래층 부엌으로 내려가 보니, 유아용 의자에 앉아 있는 아이의 아담한 뒤통수가 눈에 들어왔다.

"준아. 아빠 힘들다."

앙증맞은 손바닥으로 식탁을 통통 두드리던 작은 악마는 민호의 목소리가 들리자 활짝 웃었다. 밤새 언제 괴롭혔냐는 듯 아이의 눈길에는 티 없는 순수함만 가득했다.

민호는 고개를 흔들었다.

"말이 통해야 얘길하지. 너 웃음으로 때우지 마. 아빠 오늘은 2시간도 못 잤다."

아이는 대답이라도 하는 것처럼 '아바바'라고 귀엽게 옹알이를 하다가 목을 잘 가누지 못해 옆으로 고개가 기울어졌다. 민호는 반사적으로 손을 뻗어 아이의 머리를 받쳐주었다.

뺨을 살짝 돌려 제대로 앉혀 놓자 입을 살짝 벌리고 또 방실방실 치명적 눈길을 보낸다. 민호는 졌다는 표정이 됐다.

"이게 언제 다 커서 애장품 좀 달라고 떼를 쓸지 모르겠네."

"일어났어요?"

싱크대 근처에서 아침을 준비 중이던 서은하가 미소와 함께 컵 하나를 민호에게 내밀었다.

"자요."

사랑이 듬뿍 담긴 초록빛 야채주스에 민호는 멈칫했다.

"진한 커피가 필요해요. 카페인 듬뿍."

"속 버려요. 그러게 내가 달랜다니까 왜 굳이 일어나서는……."

"준이가 울면 잠이 와야 말이죠."

민호가 다시 쳐다보자 아이는 뭐가 그리 신기한지 크고 동글동글한 시선을 아빠에게 고정했다.

"으구으구, 우리 준이 아빠가 그렇게 좋아?"

서은하가 아이의 이마에 그녀의 이마를 살짝 비비다 입을 쪽 맞췄다.

민호는 야채주스를 한 모금 넘겼다가 정신이 번쩍 들었다. 영양만 생각하고 다른 건 포기한 탓에 각성효과로는 커피 이상이었다.

"맛없죠?"

"아, 아니요."

"그래요? 난 맛없던데."

꿀꺽 삼키던 민호의 목울대가 움찔했다.

"꾹 참고 먹어요."

군말 없이 주스를 마셔주는 착한 신랑의 반응에 서은하는 피식 웃었다. 끝끝내 한 컵을 비워낸 민호가 서은하를 보며 아무렇지 않은 듯 말했다.

"다 마셨어요."

"어이구, 착하다."

"말로만 칭찬하는 건 나쁜 겁니다."

자신의 입술을 가리켜 보이는 민호에 서은하는 기분 좋게 입을 맞춰 주고 다시 부엌일에 전념하기 시작했다.

여느 때와 다를 바 없는 아침 시간.

민호는 식사를 기다리며 사랑스러운 모자를 지긋이 바라보았다.

행복한 순간이다. 고작 스물다섯에 이렇게 느긋한 여유를 갖고 산다는 것이 한동안 어색하게 느껴지기도 했지만, 이제는 하루하루가 즐겁기만 했다.

"흠, 냄새 좋다. 오늘 아침은 뭔가요?"

"간장과 와인에 졸인 두부 스테이크."

"한식? 양식?"

"그게 중요해요?"

이름만 들어선 정체를 알 수 없는 요리. 아마도 레시피 없이 즉흥 솜씨를 발휘한 모양이었다.

준이를 임신했을 시기 별별 애장품을 다 다뤄본 서은하는 웬만한 전문 쉐프도 쉽게 하지 못할 요리경험을 쌓은 상태였다. 출산한 후로 더는 애장품을 사용할 수 없게 됐지만, 그 기술이 대부분 남아서 국적과 정체는 알 수 없어도 맛과 영양은 끝내주는 음식을 자주 해주었다.

"은하 씨, 요리 프로 같은 거 하면 엄청날 것 같아요."

"에에, 어떻게 배웠는지 설명해야 하잖아요."

"명인에게 가르침 받았다고 하면 되죠."

"이미 오래전에 돌아가신 분들뿐인데요? 몇몇 분은 반세기 전이었고."

"그거야 적당히 그럴듯하게 둘러대면……."

달아오른 팬 위에서 소스와 함께 자글자글 익고 있던 두부를 접시에 담은 서은하가 고개를 돌렸다.

"민호 씨."

척 봐도 진지한 눈길에 민호는 무슨 말을 할지 딱 감이 왔다.

"보통사람은 민호 씨처럼 모든 일을 전문가처럼 해낼 수 없어요. 방송도 다시 시작하는 마당에 이 이상 민호 씨 능력이 드러날 만한 일은 자제해야 한다고요."

이건 민호도 어느 정도 동의하는 문제였다. 인지도를 위해 최대한 활약해야 했던 데뷔 시기와는 달리, 지금은 그럴 이유가 없었다. 몸값은 최고 대우에 시간이 없어 스케줄을 거절한 게 더 많으니까.

"애장품에 정신 팔려서 위험한 줄도 모르고 뛰어드는 행동은 그만할 때도 됐잖아요. 민호 씨 다치면 슬퍼할 사람이 당장 여기만 둘이라고요."

이렇게 지적한 서은하가 아이를 보며 "그렇지, 준아~"라고 묻자 아이가 배시시 웃었다.

민호는 헛기침했다. 사실 방송을 다시 시작한 가장 큰 이유가 바로 다양한 애장품을 경험해 보려는 목적이었으니까. 이제는 아내를 속일 수도 없는 노릇. 민호는 지나가듯 조심히 말했다.

"근데 은하 씨. 저 방송에서 활약 못 하면 인기 떨어져요."

"까짓것 그렇게 되면 민호 씨는 집에서 놀아요. 내가 먹여 살린다."

서은하의 든든한 선언. 반대편 식탁에 앉으며 싱그러운 눈웃음을 지어주는 그녀를 보며 민호는 순간 멍한 표정이 되어버렸다. 이제는 좀 덜 예뻐 보여도 될 법하건만, 그녀는 언제나 가슴을 뛰게 한다.

"들어요, 민호 씨. 차린 건 별로 없지만."

고급호텔의 조식 저리 가라 할 진수성찬을 뚝딱 차린 그녀의 겸손한 발언에 민호는 두 손을 맞잡고 감사의 인사를 건넸다. 무슨 마법을 부린 건지 입에서 술술 녹는 음식을 먹다 보니 결혼 참 잘했다는 생각이 들었다.

드르륵.

민호가 밴의 뒷문을 열고 들어서자 운전석에 앉아 있던 공

도윤이 고개를 돌렸다.

"좋은 아침이에요, 공 실장님."

가벼운 인사를 건네자 공도윤은 감격에 겨운 눈길이 되어 민호를 보았다. 실장으로 직급이 올라 운전을 담당하는 매니저는 따로 두어도 될 상황에서도 손수 민호를 보필하기 위해 이른 아침부터 집을 찾아왔다.

"민호 씨……."

울먹거리는 듯한 공 실장의 표정에 민호는 싱긋 웃은 뒤에 말했다.

"오늘 스케줄은 어떻게 되나요?"

【결혼 후 휴식을 선언했던 강민호. 윤이설의 'FM 데이트' 1주년 기념 게스트로 깜짝 등장. 복귀 초읽기?!】

@hjuni : 꺄아아아아! 언니들 기사 봤어요? 이거 진짜임? 다시보기 챙겨봐야겠네.

#스마트피플 #울민호오빠 #돌싱바라기

← RT 31 ♡ 7

【KG 임소희 대표 강민호와 극비 회동. 정체된 주말 예능

판에 태풍 몰아칠까?】

@yoyoman11 : 프로게이머 강민호를 연예계로 끌어들인게 KG 엔터 사장이라던데. 전설의 시작은 아마도 그때부터?

#AT엔터똥줄 #아직도펜타스톰하냐 #고오급시계가대세

← RT 53 ♡ 15

【지난해 오백만 관객이 찾은 인기 액션영화 '더 리얼', 할리우드 리메이크 판권 판매. 영화사 측, 강민호만 동의하면 속편 계획도……】

@love3309 : 2탄은 무슨. 그 미친 스턴트를 또 하고 싶겠어? 강민호 아니면 현실에서 어떻게 해 그걸.

#이제그만_얼굴좀_비추지? #신혼1년이면_애정이_아니라_우정을_나누는_사이_아니냐?

← RT 301 ♡ 53

【최근 종영한 '청춘일지' 나영광 PD의 새 금요 예능계획. "강민호 없으면 안 합니다."】

@kimchi551 : 나 PD가 언급할 정도면 뜬소문이 아니라 진짜 같은데? 드디어 고만고만한 예능 평정하러 그분이 오시는 건가?

#돌아와라강민호 #네가떠나고볼만한예능이없었다

【강민호, QBS 창사 26주년 특집극 '능력자의 사랑' 남 주인공 확정! 촬영 위해 어제 중국으로 출국.】

@mina1986 : 제작발표회 일주일 남기고 공식 기사 뜸. 드라마 제목 봐라. 대놓고 ㅋㅋㅋ

#능력자=강민호 #A급남자배우들초긴장

첩첩이 솟은 산봉우리 사이를 도도하게 흐르는 물길 위. 싼샤 협곡이라 이름 붙은 중국 후베이성의 관광지를 중형 보트 한 척이 유유히 지나고 있었다.

민호는 'Sānxiá Tour'라는 글자가 새겨진 보트의 난간에 발을 걸치고 서 있다가 구름 사이로 쭉 뻗은 암벽 쪽에 시선이 머물렀다. 그리고 천으로 둘둘 말아 등에 메고 있던 유물에 손을 댔다.

'장군님 무덤 이 근처 맞죠?'

따뜻한 기운이 느껴지며 그렇다는 대답이 돌아왔다.

장강삼협의 경치를 구경하며 연방 감탄하고 있는 서양의

관광객들 틈에서 선상의 안내원이 이 지역에 얽힌 고시를 낭송하기 시작했다.

『아침에 오색구름 사이에 있는 백제성을 떠나…….』

이제는 자연스럽게 이해할 수 있는 북경어였기에 민호는 가만히 내용을 음미해 보았다.

그 옛날에도 자연을 대하는 정취는 지금과 다르지 않다는 생각이 들었다. 등 뒤의 유물에서도 따뜻한 기운이 흘러나오며 동의한다는 듯한 뜻을 보내왔다.

그렇게 목적지에 도착하길 기다리던 민호는 옆에서 '뭔 소리야?'하는 멍한 기색으로 안내원의 목소리를 듣고 있던 5살 정도의 여자아이와 눈이 마주쳤다.

아까 얼핏 프랑스어를 들은 것 같아 나직이 말했다.

『이백이라는 분의 시야.』

민호의 입에서 나오는 유창한 프랑스어에 여자아이가 놀란 표정을 지었다. 안내원의 말을 그대로 전달하기 시작하자 아이의 부모까지도 민호에게 시선을 집중했다.

"Merci."

통역 내내 호기심 어린 표정으로 민호를 지켜보던 여자아이가 앙증맞은 목소리로 감사의 인사를 건네 왔다. 별거 아니라며 머리를 한번 쓰다듬어 준 민호에게 아이의 부모까지도 고맙다는 눈빛을 보냈다.

『아저씨와 사진 찍어도 돼?』

　여자아이의 요청에 부모가 작은 사진기를 들어 보이며 양해를 구했다. 민호는 상관없다며 반사적으로 V를 그려 주었다.

　찰칵.

『이름이 뭐니?』

『마리옹.』

『자, 봐봐. 이건 아저씨 아들 준이란다.』

　휴대폰에 있는 아들 사진을 보여주자 마리옹이 활짝 웃었다. 절로 부모의 미소가 지어지는 민호였다. 아이들의 웃음은 순박하다는 면에서 세계 공통이 아닌가 싶었다.

　가족끼리의 여행. 민호도 얼른 해보고 싶어지는 목표였다. 지금은 바쁘니 힘들고, 한 일이 년 뒤쯤?

　잠시 후, 민호는 선장에게 걸어갔다.

『이쯤에서 내려주세요.』

『이곳에서? 여긴 볼 게 없는데.』

　이유를 묻는 듯한 선장의 눈길에 민호는 말없이 주머니에서 100위안 지폐 열 장을 꺼내 쥐여주었다.

『복귀할 때 그만큼 더 드릴게요.』

　푯값의 스무 배를 얹어주자 다른 설명은 필요 없어졌다. 돈은 순식간에 선장의 주머니로 사라졌고, 보트는 잠시 강변에 멈췄다.

『2시간 뒤에 다시 이곳을 지나니, 그때 저 자리에 보이지 않으면 그대로 떠나겠소.』

『네.』

가볍게 점프해 뭍으로 올라서자 마리옹이 여긴 어떤 명소인지 궁금해하는 얼굴로 민호를 보았다.

민호는 대충 둘러댔다.

『배멀미가 심해서 돌아올 때 타려고. 구경 잘하렴.』

떠나는 보트를 향해 손을 흔들어 준 민호는 등을 돌려 암벽이 보이는 산자락으로 걷기 시작했다.

'참 적적한 곳에 묻혀 계셨네요.'

가파른 암벽길을 오르며 민호는 검에게 말을 건넸다. 보이는 것이라곤 돌과 나무, 들리는 것이라곤 물 흐르는 소리뿐인 이곳에 대장군의 무덤이 있었다.

'미안하긴요. 겸사겸사 온 거죠. 마침 중국 로케 일정도 맞물리고.'

민호는 지금 대장군의 검을 본래 있던 장소에 되돌려 놓기 위해 움직이는 중이었다. 당장 저녁부터 빡빡한 일정의 촬영이 시작됨에도 짬을 내 이곳을 찾은 것은 자신의 무덤에서 안식에 들고 싶다는 대장군의 염원 때문이었다.

목적지가 가까워질수록 민호의 표정에도 점점 아쉬운 기색이 번졌다.

물건에 깃들어 있던 존재가 물건을 떠나고 싶어 하는 건 체로키 인디언의 유품에서도 경험한 적이 있었다. 아마도 대장군이 이 세상에 갖고 있던 미련이 사라졌기에 자신에게 이런 부탁을 한 것이리라.

'도움은 차고 넘칠 정도로 받았으니까.'

검은 유물과의 싸움 이후 대략 15개월 정도가 흘렀다. 그동안 위기는 다시 오지 않았으나 검과의 대화는 계속 이어졌다.

수백 년 전의 존재와 나누는 영혼의 교감.

그 어떤 애장품을 갖고 훈련하는 것보다 뛰어난 효과를 보였기에 집에만 있는 나날이었음에도 지루할 틈이 없었다. 누군가의 애장품을 건드리면 대략 하루 정도 그 능력을 쓸 수 있게 된 현재의 상태는 전적으로 대장군과의 훈련 덕분이었다.

'이제 내가 모르는 집안의 비밀 같은 것도 없고.'

할아버지의 경지도 멀지 않았다. 그 때문에 윤환에게 한껏 으스대 보았으나, 콧방귀도 뀌지 않는 반응을 보였다. 아직도 아버지를 따라가는 건 먼 훗날의 이야기라는 말.

정상에 도착하니 빽빽하게 들어선 나무와 잡초가 가득한

또 다른 험지가 보였다.

민호는 등에 있던 검을 뽑아 손에 쥐었다. 순간, 시야에 보이던 자연환경이 사라지며 붉은 황토로 되어 있는 구릉이 보였다.

아마도 수백 년 전의 모습이리라.

수풀이 뒤엉킨 현재의 길은 험난했지만, 민호의 걸음걸이는 경쾌했다. 그렇게 과거의 길을 따라 걷길 10여분.

민호는 문으로 추정되는 흙벽 앞에 멈춰 섰다.

조심스럽게 살펴보니 돌문의 형체가 느껴졌다. 후후 불어 입구를 여는 스위치 같은 것에 손을 올렸다.

"웃차."

드르륵, 하는 소리와 함께 돌문이 옆으로 밀려났다. 딱 한 사람 지나갈 법한 공간을 확보한 민호는 허리에 걸고 있던 작은 행낭에서 헤드램프를 찾아 머리에 썼다.

'인디아나 존스가 이런 기분일까?'

콧노래를 부르며 몸을 안쪽으로 들이밀던 민호는 무덤 입구 바로 옆에 녹슨 자동 쇠뇌가 자리해 있는 것을 보고 움찔했다. 딱 출입구를 겨누고 있는 것이 언제든 침입자를 격퇴할 화살을 날릴 수 있도록 장치된 모양이었다.

'낡아서 망가졌길 망정이지.'

그렇게 놀라는 민호에게 검에서 따뜻한 기운이 일어 벌써

300년 전에 도굴꾼 하나를 죽이고 그 수명을 다했다는 사실을 전해주었다. 그리고 또 다른 사실도.

『부하들도 여기 묻혀 있다고요?』

도굴을 당했을 무렵 무기류는 전부 사라졌지만, 유골은 건드리지 않았다고 한다. 안쪽으로 걷던 민호는 널찍한 공간에 도착하자 무언가 심상치 않은 바람이 불어오는 것을 느꼈다.

스으으—

연기처럼 희미하게 빛나는 형체 세 개가 민호의 앞을 가로막았다.

"아……."

검에 깃든 대장군을 알아봤는지 무릎을 꿇는 그 형체를 보고 민호는 말문이 막혔다. 대장군이 언급한 부하들. 따지고 보면 저건 흔히 말하는 귀신이나 유령이라고 봐야 했다.

"아, 안녕하세요."

쥐고 있던 검에서 진한 붉은빛이 일더니 앞으로 뻗어 나가 하나의 형체를 이루었다. 대장군의 공간 속에서는 명확했던 모습이 지금은 쉽게 구별되지 않는 형체가 되어 그렇게 부하들 앞에 섰다.

이제는 대장군도 유품에 깃든 이로운 존재가 아닌, 전혀 다른 세계의 존재로 취급해야 하리라.

'정말 가시는구나.'

붉은 기운을 내뿜던 이 검은 그저 오래된 검에 지나지 않게 되었다.

『명복을 빌게요, 장군님.』

민호의 음성에 붉은 형체가 고개를 돌렸다.

―아쉬움이 보이는군.

머릿속을 울리듯 전해져 오는 목소리에 민호는 천천히 고개를 끄덕였다.

―왜지? 나는 너를 더는 훈련해 줄 수 없다.

『그렇게 오고 가는 게 있어야만 필요가 있나요. 정이 들었으니까 아쉬운 거죠. 저야말로 별로 도와드린 게 없어 죄송할 따름입니다.』

―그건 충분했다.

대장군이 가졌던 미련. 그 마지막 전투. 그것은 현세에서는 이루어질 수 없는 과거의 사건이다. 지금껏 민호가 만나 왔던 유품 속 존재들은 이것을 꿈에서나마 이루고 그 한을 풀었다면, 대장군은 자신을 통해 이 세상을 배우고 납득하는 것으로 미련을 접었다.

―네가 이 세상에서 어떤 일을 할지 기대되는군.

『뭐 특별할 게 있겠어요? 장군님 같은 분 만나러 돌아다니겠죠.』

붉은 형체가 민호에게 서서히 다가왔다. 더불어 대장군을 보필하는 유령 같은 형체 세 개도 민호에게 근접했다. 그들이 가까워지자 민호는 신령한 어떤 것보다는 등골이 오싹해지는 서늘함이 먼저 느껴졌다.

─너는 아직 네가 가진 힘의 '참뜻'을 모르는 듯하군.

『칸의 검을 상대하는 일 같은 거요?』

─차차 알게 되겠지.

민호의 손등에 대장군의 희미한 손이 올라왔다. 시원한 느낌이 손등을 타고 심장까지 전해졌다.

『이게 뭐죠?』

─선물.

대장군은 그렇게 무덤으로 걸어가 영원한 안식에 들어갔다. 체로키 인디언이 축복을 남겼던 것처럼, 대장군도 알 수 없는 선물을 남기고 사라졌다.

'더 잘 싸우는 방법 같은 걸 알려주는 축복?'

뭐가 됐든 나쁜 건 아닐 것이란 생각이 들었다.

조용한 어둠 속.

민호는 손에 쥐고 있던 검을 무덤 앞에 공손히 올려두었다. 애장품이 아닌 단순 무기는 이제 짐에 불과했다. 이름 모를 첩첩산중에 자리해 아무도 찾지 않을 무덤이 되어 버린 이곳에서 검 역시도 휴식에 들어갈 것이다.

최초로 길들였던 붉은 기운의 애장품을 떠나보내며, 민호는 시원섭섭한 기분이 되어 무덤을 나섰다.

대장군은 떠났지만, 애장품 라이프가 끝난 건 아니다.

아직 잘 모르는 수천 년의 역사가 있고, 이 세상 어디엔가는 그런 과거 속에서 살아온 이들이 소중히 여겼던 물건이 남아 있다. 그중에 어떤 건 자신 같은 능력자와 접촉할 날을 애타게 기다리고 있을지 모른다.

검은색은 아직 위험하다지만, 그건 슈퍼히어로로 뽑치는 아버지가 든든히 버티고 있기에 수십 년 후에나 걱정할 일이고.

무덤 밖으로 나온 민호는 다시 돌문을 닫은 뒤 심호흡을 했다. 발에 힘을 주고 뻥 걷어차니 흙먼지가 쏟아지며 입구가 완전히 사라졌다.

보트가 뭍 근처로 다가왔다. 민호가 배에 올라타자 먼저 다가온 것은 아까 보았던 꼬마 마리옹이었다.

『안녕, 마리옹. 또 보네.』

『아저씨, 사탕 먹어. 엄마가 멀미에는 이런 거 먹어야 한대.』

『고맙구나.』

대답하던 민호는 멈칫할 수밖에 없었다. 마리옹이 손에 쥐고 있던 사탕을 내밀며 손바닥을 펴자 노랗고 은은한 빛이 어려 있는 것이 보였기 때문이었다.

'뭐지?'

애장품을 만들 법한 가능성을 보이는 사람들을 본 적은 있었다. 그러나 이런 색은 처음이었다.

민호의 손끝이 마리옹의 손에 닿았다.

팟, 하고 민호의 머릿속에 떠오른 무언가.

"어라?"

민호의 놀람에 마리옹의 눈이 커졌다.

『아니야, 아니야. 잘 먹을게, 마리옹.』

하얀빛에서 주황빛으로, 붉은빛에서 검은빛으로. 애장품에 얽힌 빛은 매번 짙어지는 것으로 위험성을 경고해 왔었다. 그러나 이런 식은 아니었다.

전에는 없던 현상이기에 민호는 왼 손등을 바라볼 수밖에 없었다. 대장군은 대체 무얼 전해준 걸까? 다행히도 민호에겐 궁금한 건 언제나 대답해 주는 살아 있는 존재가 있었다.

-검을 돌려놨다고?

"네, 아버지."

민호는 흐르는 물길에 시선을 던지며, 아까 있었던 일을 윤환에게 상세히 말했다.

-유물과 그런 식으로 감응하는 건 나도 처음 보는 일이야. 네가 목격한 빛은 그 존재가 너와 소통하며 새롭게 얻은

지식에서 기반을 둔 것일 게다.

"헤헴, 제가 청출어람 아닙니까."

─자화자찬하려고 전화했냐? 끊는다.

"마리옹 손을 붙잡자마자 이상한 광경을 봤어요. 노래도 부르고, 그림도 그리고, 춤도 추는 아이의 모습이요. 이상한 건 추억을 엿보는 것처럼 선명한 광경은 아니라는 거였어요."

─가능성을 본 게로구나.

"가능성?"

─그 아이가 갖고 있을 재능 혹은 잠재력.

"그게 가능해요?"

─본래 병사를 훈련시키던 것을 업으로 삼았던 자이니, 아마도 숨어 있는 재능을 파악하는 방법을 새롭게 깨달은 거겠지. 너와 소통하는 순간만큼은 살아 있는 것과 다를 바 없었을 테니까.

"그게 무슨……."

번뜩이는 생각에 민호는 그도 모르게 중얼거렸다.

"애장품을 만들 수 있는 잠재력을 그냥 알아볼 수 있다고?"

─알면 끊는다.

"하나만 더요! 장군님이 그러셨어요. 제가 가진 능력의 참뜻을 아직 모른다고. 아직도 비밀로 하고 계신 비밀이 또 있나요?"

피식 웃는 소리가 휴대폰 너머에서 들려왔다.

—세상에 능력자가 너 하나일 거라고 생각하는 건 아니겠지?

"네?"

달칵.

언제나처럼 어정쩡한 소득만 남긴 아버지와의 국제전화가 종료됐다.

무심코 남이 쓰던 물건을 집에 들고 오면 옛 어른들은 '밖에서 함부로 물건 주워 들이는 것 아니다'라고 야단을 치곤하셨다.

행여 죽은 사람의 물건이면 괴이한 일을 당할지 모른다고 생각한 것이다. 재활용이 미덕인 시대에 뭘 모르시는 말씀이라고 받아넘길 수 있지만 사실 이건 맞는 말이다.

어찌 그걸 단언할 수 있냐고?

지금 내가 갖고 있는 물건도 그중 하나니까.

…….

가장 처음 활용했던 것은 동전이었다. 솔로몬의 동전이라고 이름 붙인 이것은 진실과 거짓. 정답과 오답을 동전의 앞면과 뒷면으로 가름해 준다.

처음 아버지에게 이 이야기를 들었을 때는 퀴즈쇼에 나가 상금을 타오리라고는 상상조차 하지 못했다.

슥슥.

민호는 서재에 앉아 정성 들여 일기를 작성하고 있었다. 상당한 두께가 된 이 일기는 애장품을 활용하고 그 효과들을 상세하게 기록해 둔 자신만의 지침서라고도 할 수 있었다.

윤환처럼 치사하게 밝히기보단, 때가 됐을 때 있는 모든 걸 아들 준이에게 친절하게 말해 주겠다는 취지로 작성하기 시작한 것이 벌써 일 년도 넘었다.

얼마 전 중국에서 있었던 일까지 상세히 기록하는데 밖에서 분주한 소리가 들렸다. 거실을 왔다 갔다 하는 아내의 발소리였다.

'준이가 또 깼나?'

점자시계를 터치하니 울먹이는 것을 그친 준이의 호흡 소리가 느껴졌다.

"이 녀석, 또 엄마 괴롭히네."

민호는 서재 밖으로 걸어 나왔다. 준이를 등에 업은 채로 거실을 걸으며 반쯤 졸음에 잠겨 있는 서은하에게 다가갔다.

"은하 씨. 준이 잘 때까지 제가 볼게요."

"아니에요, 민호 씨."

"어허. 일주일 만에 스케줄 비어서 들어 왔는데, 남편 노릇 좀 하게 냅둬요."

민호는 서은하를 다독여 침실로 올려보낸 뒤, 준이를 유아용 의자에 앉혀 서재로 데려왔다.

"착하지. 아빠 작업할 동안만 조용히 있어."

다시 일기를 쓰며 한 단어 쓸 때마다 준이를 쳐다보고 눈을 맞춰 주길 30분여. 새벽 1시가 넘은 까닭에 민호도 점차 눈이 감겨왔다.

파라락.

잠시 졸고 있는 민호의 앞에 놓인 일기장의 페이지가 창문 밖에서 불어온 바람에 넘어갔다.

"흠냐, 준이야 아빠 자는 거 아니다. 잠깐 눈만 감은 거야."

동그란 눈으로 서재 안의 모든 것이 신기한 듯 호기심 어린 눈길로 사방을 쳐다보고 있던 아기는 일기장에 은은한 빛이 어리다가 사라지는 것을 쳐다보다 방긋 웃었다.

〈포텐 완결〉

SUPER ACE
슈퍼에이스

예성 장편소∕

야구 선수의 프로 계약금이 내 꿈을 정했다.

"왜 야구가 하고 싶니?"

"돈을 벌고 싶어요! 집을 살 수 있을 만큼!"

시작은 돈을 벌기 위해서였다.
하지만 이제는 꿈의 그라운드를 위해서
메이저리그 명예의 전당을 노린다!